INVENTAIRE
G 19883

I0666586

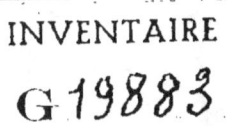

LES

BIENFAITEURS

DE L'HUMANITÉ

—◇◇◇—

LILLE

L. LEFORT, IMPRIMEUR — ÉDITEUR

PARIS, Ad. LECLÈRE, rue Cassette, 29

◇

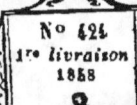

N° 424
1re livraison
1858

LES

BIENFAITEURS DE L'HUMANITÉ

A LA MÊME LIBRAIRIE

autres ouvrages du même format et du même prix :

MARIE ; scènes et tableaux de sa vie divine.

SAINT BENOIT et les Ordres religieux dont il fut le fondateur.

SAINTE HÉLÈNE, ou le Triomphe de la Croix.

L'APOTRE DE L'IRLANDE.

LE B. PAUL DE LA CROIX, fondat. de l'ordre des Passionistes.

LE BON ANGE DES CAMPAGNES.

VERTU ET PIÉTÉ, Jeanne et Isabelle de Portugal.

UNE HÉROINE CHRÉTIENNE, Félicité de Nétumières.

SAINTE ADÉLAIDE, impératrice d'Allemagne.

MODÈLE DES JEUNES PERSONNES.

PÈTERS ; épisode d'un voyage en Suisse.

LA RELIGION, poème, par Louis Racine.

SAINT FERDINAND, roi de Castille et de Léon.

CHARLES DE BLOIS.

SILVIO PELLICO, sa vie et sa mort.

CHARLES ET FÉLIX, ou les Deux Ateliers.

LES SOIRÉES DE LA FAMILLE.

CHOIX D'ANECDOTES CHRÉTIENNES.

LE DÉVOUEMENT FILIAL.

ÉDOUARD, ou le Respect humain vaincu.

LA MAISON DU DIMANCHE.

LA MAISON DU LUNDI.

MAITRE MATHURIN, ou Entretiens familiers.

LE MENTOR CHRÉTIEN, ou Catéchisme de Fénelon.

Rachat des captifs à Alger

LES

BIENFAITEURS

DE L'HUMANITÉ

OU

LE RACHAT DES CAPTIFS

PAR V*** D***

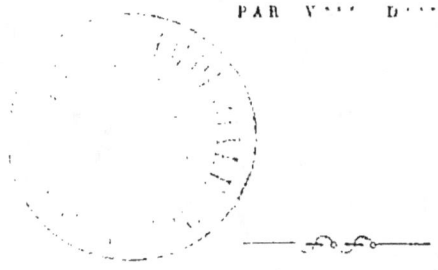

LILLE

L. LEFORT, IMPRIMEUR - LIBRAIRE

MDCCCLVIII

Droits de reproduction et de traduction réservés.

L E S

BIENFAITEURS DE L'HUMANITÉ

INTRODUCTION

La Providence divine, dont l'éternelle sagesse
veille avec un soin tout paternel et toujours in-
cessant sur les destinées des hommes, se plaît
souvent à éprouver leur constance et leur foi;
mais c'est pour leur fournir l'occasion d'acquérir
des mérites plus grands et pour leur prodiguer
ensuite des marques plus vives de son infinie

bonté. Une voix infaillible nous donne l'assurance que nous ne serons jamais tentés au delà de nos forces, et c'est sans doute cette promesse qui soutient l'homme et conserve ses espérances jusqu'au dernier soupir de la vie.

C'est cette divine promesse qui naguères consolait dans les fers, au milieu des souffrances les plus cruelles, sous les coups de leurs maîtres barbares, les malheureux captifs des états barbaresques qu'on chargeait de chaines et qu'on accablait des plus rudes travaux. Oui, c'était l'espérance en un meilleur avenir qui soutenait ces généreux confesseurs de notre sainte religion, et cette espérance ne se trouvait pas déçue parce qu'elle prenait sa source dans une foi pure et ferme, parce qu'elle s'appuyait sur la parole du Dieu de vérité qui a dit à tous les infortunés, par la bouche de son prophète : « Jetez vos peines dans le sein du Seigneur, et il vous délivrera de toutes vos tribulations[1]. »

En effet, le Ciel entendit les soupirs et vit cou-

[1] Jacta curam tuam in Domino.

ler les larmes des infortunés captifs, et il daigna, dans sa miséricorde, susciter deux apôtres de l'humanité qui se dévouèrent à briser leurs fers et à les arracher aux plages brûlantes où ils gémissaient au sein de la plus horrible captivité. Ces deux hommes furent saint Jean de Matha et saint Félix de Valois dont nous allons raconter les veilles, les travaux, les courses, le dévouement, les fatigues et les succès ; mais avant d'entreprendre leur histoire, il importe de connaître quels étaient ces captifs pour lesquels nos deux saints, et après eux un si grand nombre de leurs pieux et généreux disciples, sacrifièrent leur repos, leur fortune et souvent même leur vie.

Il est, au delà des mers du Levant, des régions fertiles habitées autrefois par des peuples soumis à la loi de l'Evangile. Ces pays peuvent revendiquer l'honneur d'avoir été le berceau du christianisme, d'avoir enfanté les pieux et fervents cénobites qui portèrent si haut la gloire du nom chrétien aux premiers siècles de l'Eglise, et d'avoir donné le jour à tant de saints et illustres prélats et à

tant de généreux martyrs qui ont scellé de leur
sang les vérités de la foi.

Un jour vint, où, dans ces contrées naguère la
lumière et la gloire du christianisme, un imposteur,
se décorant du titre de prophète, se mit à prêcher
sa nouvelle doctrine et réussit à se faire de nombreux prosélytes. Ce prétendu prophète, c'était
Mahomet, qui, de conducteur de chameaux, se fit
passer pour inspiré du ciel, et parvint à entraîner
à sa suite une foule de sectateurs dont il fit autant
de soldats. L'appât du butin et la crainte de la mort
grossirent en peu de temps son armée. A des
peuples errants et vagabonds il promettait de riches
cités, à des esclaves et à des pauvres les richesses
et la liberté, à tous ses soldats la conquête et le
pillage; à ceux qui refusaient d'embrasser sa
nouvelle croyance et de se soumettre à ses lois, il
réservait les tourments et la mort. Couvrant sous
les dehors d'une feinte piété ses projets ambitieux,
il parvint à en imposer à une multitude crédule;
mais sa principale force, il la puisa dans le concours
puissant de ces peuples misérables qu'il appelait à

la fortune et auxquels il permit de donner un libre essor à toutes les passions. Cette religion nouvelle fut appelée la religion du *sabre*, parce qu'elle était imposée le sabre à la main, et qu'on ne laissait aux peuples conquis d'autre choix que de s'y soumettre ou de mourir.

Beaucoup de chrétiens fidèles préférèrent la mort à la honte de renoncer à leur foi; mais tous les hommes grossiers, barbares ou livrés à leurs mauvaises passions embrassèrent avec enthousiasme une secte qui favorisait tous les vices et leur promettait les jouissances sensuelles et les richesses.

Chaque jour, le faux prophète voyait grossir son armée, qui chaque jour aussi faisait de nouvelles conquêtes et entraînait à sa suite les peuples vaincus pour les conduire à de nouveaux combats. Par la suite, sous les successeurs de Mahomet, ces hordes sauvages, animées de la soif du pillage et du meurtre, envahirent de nouvelles contrées et se répandirent, comme autant de torrents, sur l'Espagne, sur l'Autriche, sur la France même, où le brave Charles Martel porta un coup terrible à leurs armées formidables qui menaçaient d'asservir l'Europe entière. Plus tard, on vit nos valeureux guerriers mêler leurs nombreuses phalanges à celles de tous les peuples chrétiens, arborer l'étendard de la Croix et marcher à la voix d'un pieux ermite vers les lieux que notre divin Sauveur a sanctifiés par sa présence. On put compter alors des milliers de preux chevaliers qui renoncèrent au repos et aux douceurs de la vie, et qui allèrent au delà des mers combattre les infidèles et verser leur sang pour la défense et le triomphe de notre sainte religion.

Mais ces peuples barbares se vengeaient cruellement des pertes que leur faisait éprouver la bravoure de nos intrépides soldats. Chaque jour, de nombreux vaisseaux s'élançaient de leurs ports et parcouraient les mers, afin d'y surprendre quelques-unes de nos embarcations qu'un vent contraire avait séparées du gros de l'armée ou qui n'étaient pas suffisamment escortées. Alors d'affreux combats s'engageaient ; mais comme ordinairement les infidèles n'attaquaient que lorsqu'ils se voyaient mieux armés et plus nombreux, il arrivait presque toujours que les embarcations des chrétiens, prises à l'improviste et ayant à se défendre contre des guerriers dix fois plus nombreux, succombaient dans la lutte et finissaient par tomber au pouvoir de leurs implacables ennemis.

Ce n'était toutefois que lorsque les chrétiens avaient vu périr autour d'eux presque tous leurs compagnons d'armes, qu'ils abandonnaient aux musulmans une victoire que leur valeur aurait voulu encore leur disputer. On vit souvent ces fiers combattants exposés aux coups de l'ennemi, épuisés par la perte du sang qui coulait en abondance de leurs blessures, conservant à peine un dernier souffle de vie, se ranimer tout à coup à l'approche de l'infidèle qui s'approchait d'eux pour leur arracher leurs sanglantes dépouilles, retrouver un reste de vigueur, percer de l'épée le spoliateur impie, et épuisés par ce dernier et vigoureux effort, laisser retomber ce bras une dernière fois victorieux et mourir à leur poste de guerrier et de chrétien.

Les héros infortunés qui avaient le malheur

de survivre à ces sanglants combats avaient devant les yeux une perspective plus cruelle encore. Ils étaient chargés de chaînes, jetés dans des cachots humides au fond du bâtiment, privés presque entièrement de nourriture, dépouillés de leurs vêtements, et conduits dans un port où on les débarquait enchaînés deux à deux; puis, complètement nus, on les exposait en vente sur la place publique pour y être vendus au plus offrant et emmenés en esclavage.

L'audace des pirates s'accrut avec le succès et l'impunité. Dans les siècles suivants, lorsque les guerres connues sous le nom de croisades eurent cessé, il n'était pas rare de voir ces écumeurs de mer explorer les côtes d'Espagne, de France et d'Italie, envahir des bourgades, s'emparer des villages, en enlever les habitants, les transporter sur leurs vaisseaux, les charger de fers et jeter pêle-mêle au fond de leurs cachots flottants, hommes, femmes, vieillards, enfants. Tout ce qui leur paraissait avoir quelque valeur et mériter leur attention, ils s'en emparaient, puis ils mettaient le feu à tout ce qu'ils dédaignaient ou qu'ils ne pouvaient emporter.

Ce n'était que lorsqu'ils étaient rendus dans une des villes qui leur servaient de repaire, qu'ils comptaient leur butin et que, pour le partager entre eux, ils l'exposaient sur la place publique et le mettaient en vente.

Or, de toutes les marchandises qu'ils apportaient, c'était l'espèce humaine qui leur offrait les plus grands profits et dont le trafic se faisait le plus aisément. Tous les captifs, sans distinction d'âge, de rang, de fortune, étaient rangés sur le champ de foire : un chef des esclaves veillait sur eux, tenant à la main un fouet de cordes nouées dont il faisait usage au moindre mouvement, au moindre cri, à la plus légère plainte. Souvent la douleur causée par le poids des fers ou par la gênante situation dans laquelle se trouvaient les malheureux captifs exposés aux rayons ardents du brûlant soleil d'Afrique, leur arrachait des soupirs ou des gémissements : et aussitôt le chef des esclaves mettait un certain orgueil à

appliquer avec dextérité, sur la chair vive de ses
infortunées victimes, les coups redoublés du cruel
instrument de supplice dont son bras était armé.

Vers le milieu du jour, le peuple des environs
de la ville arrivait en foule sur la place du marché :
chacun, muni d'un bâton noueux, s'approchait des
captifs, et triait dans le nombre celui qui pouvait
lui convenir, suivant les travaux qu'il voulait lui
imposer. L'un avait besoin d'un esclave pour
tourner la meule à moudre le grain; l'autre, d'un
homme fort et robuste pour cultiver et arroser
ses jardins ; un autre , de plusieurs esclaves pour
être attelés à la charrue et labourer les terres.
Lorsque le musulman avait fixé son choix, alors
le vendeur et l'acheteur débattaient leurs intérêts :
« Combien demandez-vous de ce chien de chrétien ?

— Soixante pièces d'argent.

— C'est beaucoup trop cher; il n'en vaut pas
la moitié !

— Voyez, reprenait le marchand en appliquant
au captif quelques coups de fouet pour le faire
agir : il est fort, en bon état, bien membré; il

vous fera bon service, quoiqu'il ne soit pas de la première jeunesse. Et puis, dites-moi, à quel genre de travail le destinez-vous ?

— A tourner la meule pour moudre le grain.

— C'est bien là ce qu'il vous faut ; et si vous voulez m'en croire, vous n'avez qu'à lui crever les yeux ; par ce moyen il ne perdra pas son temps à regarder de côté et d'autre, et vous n'aurez pas à craindre qu'il cherche à s'échapper comme le font presque tous ces chiens de chrétiens qui ne rêvent qu'à leur liberté. »

Et bientôt après, moyennant quelques concessions de part et d'autre, et à la condition que le marchand crèverait lui-même les yeux de l'infortuné captif, le marché était conclu. Alors le barbare faisait rougir au feu la pointe de son poignard et l'enfonçait successivement dans chacune des prunelles du patient, auquel on attachait une corde au cou, puis l'extrémité de cette corde était fixée à la queue d'un chameau qui entraînait le malheureux esclave à travers les sables brûlants jusqu'à la tente qui allait désormais lui servir de demeure.

A côté de cette scène affreuse se passaient des scènes plus douloureuses encore.

Une jeune femme encore parée de toute la fraîcheur de la première jeunesse qu'elle avait parfaitement conservée par une vie simple et modeste, mêlait ses douleurs et ses larmes à celles de son époux bien-aimé, et tous deux, de temps en temps, caressaient avec crainte et tremblement l'enfant chérie que les barbares avaient enchaînée avec eux. C'était une petite fille âgée de dix ans à peine; l'innocente créature étouffait ses soupirs et retenait ses larmes de peur d'affliger davantage ses chers et bien-aimés parents. Tout à coup un acheteur se présente.

« Combien cette petite chienne? » dit-il au marchand en désignant avec son bâton la pauvre enfant, l'infortunée Marie.

« Elle n'est pas forte, répondit le marchand; elle ne peut guère faire un bon service; si vous voulez, je vous vendrai la mère: elle est bien constituée, et puis ça, voyez-vous, ça travaille toujours: c'est obéissant parce que ça craint

les coups de fouet ; ça dure peu, c'est vrai,
mais c'est bon à tout faire, et ça vous rapportera
bien l'argent que vous aurez déboursé, d'autant
plus que ça n'est pas cher ; je ne vous la vendrai
que vingt pièces d'argent.

— Oh ! pour ce prix-là, je veux avoir les
deux.

— Mais vous ne réfléchissez pas que ça coûte
fort peu à nourrir ; ça vit presque toujours de
larmes et de mélancolie.

— C'est vrai ; mais ça se laisse ordinairement
mourir de chagrin au bout de quelques semaines.
Enfin, quelque chose qu'il puisse arriver, je les
prends pour le prix que je vous ai offert si vous
y consentez. »

Le marchand refusa net, et il s'en tint à vingt-
cinq pièces d'argent pour conclure l'affaire.

Pendant ce colloque, la mère de Marie, qui
avait conçu l'espérance de voir sa fille devenir sa
compagne dans l'esclavage, n'avait pas cessé un
seul instant de tenir ses regards suppliants attachés
sur l'homme qu'elle considérait déjà comme leur

2

maître commun. Cette éloquence suppliante qui
brillait dans les yeux de la jeune mère n'avait
point échappé à l'acheteur. La curiosité, plutôt
encore que la pitié, l'engagea à céder aux prétentions du marchand ; le traité fut conclu, et les deux
esclaves furent attachées ensemble pour être con-
duites à l'habitation qui devait être témoin de leurs
souffrances et de leurs larmes. La mère de Marie
allait se détourner pour embrasser une dernière
fois son malheureux époux, lorsqu'un vigoureux
coup de fouet, appliqué en même temps sur
les épaules de la mère et sur celles de sa fille,
les força toutes deux de hâter le pas et d'aban-
donner subitement l'objet de leurs plus tendres
affections.

Quelle dut être la douleur de cet infortuné captif, lorsqu'il se vit ravir, peut-être pour toujours,
sa femme et sa fille, et surtout lorsqu'il entendit
retentir le bruit éclatant du fouet qui avait ensan-
glanté leurs épaules !

Ces scènes affligeantes où l'on voyait le fils ar-
raché des bras de son père, l'épouse des bras de

son époux, la fille des bras de sa mère, pour être vendus séparément à des maîtres différents, se renouvelaient tous les jours; et, devant de telles horreurs, on comprend que la divine Providence ait suscité dans le cœur d'hommes privilégiés un vif sentiment de pitié et d'amour pour tant de malheureux. Oui, ce Dieu si bon dont la charité infinie est venue allumer sur la terre le feu sacré de la charité, et qui ne veut autre chose sinon que ce feu brûle sur la terre, enflamma de cet amour ardent et pur les cœurs de saint Jean de Matha et de saint Félix de Valois, les attendrit sur le sort malheureux de leurs frères captifs, et leur fit concevoir la généreuse résolution de consacrer leurs prières, leur fortune et leur vie à l'œuvre sainte et sublime de la rédemption des captifs.

Bien que les privations, les tortures et les souffrances corporelles fussent suffisantes pour émouvoir la tendre charité de nos deux grands saints en faveur de leurs frères et leur faire entreprendre de pieux pèlerinages pour le rachat des esclaves chrétiens, cependant une considération bien plus puissante encore venait confirmer leurs résolutions, soutenir leur constance, encourager leurs nobles efforts.

Les captifs, lorsqu'ils avaient subi les honteuses transactions du marché de la place publique, n'éprouvaient pas tous le même sort chez le maitre qui les avait acquis. La plupart de ces farouches mahométans avaient autant et plus de fanatisme encore que de cruauté. Excités par le père du mensonge, ils devenaient les persécuteurs acharnés de leurs malheureux esclaves; ils employaient tour à tour les plus brillantes promesses et les plus terribles menaces pour forcer ces infortunés chrétiens à renoncer à leur foi et à renier le divin Sauveur Jésus qui les consolait au milieu de leurs peines et qui, dans ces effroyables luttes, daignait les soutenir de sa grace.

Mais quelquefois aussi il se trouvait, parmi ces infortunés, des âmes faibles dans la foi, qui se laissaient prendre aux piéges séducteurs de leurs perfides maitres et qui reniaient leur religion

pour embrasser les erreurs impies du mahomé-
tisme. Cette considération du dénûment de tout
secours spirituel où se trouvaient les pauvres captifs, fut encore plus forte aux yeux des deux
grands saints que celle des besoins et des souffrances
temporelles, et elle agit si puissamment sur l'esprit
et sur le cœur des deux serviteurs de Dieu, qu'ils
résolurent de mettre aussitôt à exécution leur
généreux projet.

II

S. Félix de Valois. — S. Jean de Matha.

Hugues, troisième fils de Henri Ier, roi de France, avait épousé en 1102 la princesse Adélaïde, fille de Herbert, comte de Vermandois. A la mort du comte, Hugues, devenu son héritier par le mariage qui l'avait uni à la princesse Adélaïde, hérita du comté de Vermandois, qu'il transmit ensuite par droit de succession à Hugues II dit de Valois. Celui-ci eut plusieurs fils, dont l'un fut Hugues, qui, par humilité, renonça à porter ce nom glorieux et se contenta de prendre celui de Félix sous lequel il est honoré dans l'Eglise.

Ce prince, de la maison royale de Valois, vint au monde en 1127. Quoiqu'il fût élevé au sein

de la magnificence et des grandeurs, il montra dès
sa jeunesse un grand mépris pour les vanités du
siècle. Ses frères, qui le voyaient constamment
occupé à prier dans un lieu retiré du palais, le
pressèrent, un peu avant la mort de leur père, de
faire connaître ses intentions au sujet de la succession paternelle. Félix demanda huit jours pour
connaître la volonté de Dieu. Il les passa dans
de violentes agitations qui ne lui permettaient le
repos ni le jour ni la nuit. Après ce temps,
il crut devoir se retirer dans un monastère, afin
de prendre sa décision en présence du Seigneur
dont il espérait que la voix divine parlerait à son
cœur, suivant ces paroles du prophète-roi : « Je
conduirai cette âme dans la solitude, et là je par-
lerai à son cœur [1]. »

Tandis que le pieux Félix s'adressait avec ferveur
au Père des lumières, et qu'il le priait avec larmes
de vouloir bien, en l'éclairant, mettre fin à ses
peines et à ses inquiétudes, arrivèrent dans la maison où il s'était retiré plusieurs pèlerins qui se

[1] Ducam eam in solitudinem, et ibi loquar ad cor ejus.

rendaient à Rome, et qui le sollicitèrent de les
accompagner dans leur pèlerinage. Félix regarda
cette heureuse rencontre comme une déclaration de
la volonté de Dieu. Il se joignit à ces pèlerins sans
délibérer davantage et sans rien prendre avec lui
qu'un bâton et un livre de prières; il n'avait
d'autre but, en suivant ces étrangers, que de s'éloigner de son pays pour fuir les honneurs qu'on lui
rendait, et pour se mettre à l'abri du fardeau de
la haute dignité à laquelle il était appelé par sa
naissance et dont on voulait le charger. Aussi, en
traversant la forêt de Fontainebleau, au diocèse de
Meaux, il s'arrêta dans une vaste solitude tout à
fait propre à l'accomplissement de son dessein, qui
était de vivre inconnu aux hommes, de ne penser
qu'à Dieu, et de s'occuper uniquement de sa sanc-
tification. Là, il joignit à la prière et à la contemplation les plus rigoureuses austérités de la
pénitence; et, tout en menant cette vie angélique,
il se regardait comme un serviteur inutile, et il
sentait de plus en plus le besoin de faire de nouveaux progrès dans la vertu.

Ces sentiments d'humilité qui lui faisaient appréhender les honneurs d'une réputation de sainteté
qui commençait à se répandre sur son compte dans
le diocèse de Meaux, et qui lui attirait chaque jour
une foule de pieux visiteurs, le firent penser à se
retirer plus avant dans la forêt, dans un lieu presque
inaccessible et entouré d'énormes rochers. Dans
ce désert, il s'appliqua à mener une vie encore plus
pénitente : souvent il prolongeait ses jeûnes toute
la semaine et ne mangeait que les dimanches. Il
ne buvait que de l'eau, et il allait la puiser au
pied du rocher qui fermait presque entièrement
l'entrée de sa cellule. Son lit était composé de
branches d'arbres entrelacées et formant une espèce de longue claie placée sur la terre nue. Il
était constamment occupé ou à la prière, ou à la
lecture, ou au travail des mains, persuadé de la
vérité de ce que dit saint Paul, que celui qui ne
travaille pas ne doit pas manger, et qu'il vaut
mieux donner que de recevoir. Du produit de son
travail, il nourrissait quelques pauvres familles de
bûcherons qui vivaient retirées comme lui dans

5

l'épaisseur de la forêt, et il leur donnait tout ce qu'il possédait, sans jamais s'inquiéter comment il vivrait le lendemain.

Dieu, qui se plaît à faire éclater la vertu des humbles, ne voulut pas que la profonde abnégation de son serviteur préjudiciât au bien de ses frères qui pouvaient tirer de grands avantages de ses rares et précieuses qualités. Ainsi, quoique Félix n'eût pensé qu'à se cacher pour le reste de ses jours dans l'obscurité et le silence de la retraite, il fut contraint de se rendre au désir de plusieurs saints religieux qui vinrent le prier de vouloir bien les recevoir sous sa direction.

Le plus illustre de ces pieux anachorètes fut saint Jean de Matha, qui devint plus tard, conjointement avec saint Félix de Valois, le fondateur de l'ordre des Trinitaires, dont le principal but était l'œuvre de la rédemption des captifs.

Jean naquit, vers le milieu du XII° siècle, à Faucon, sur les frontières de la Provence. Ses parents étaient d'un rang fort distingué, mais ils brillaient encore plus par l'éclat de leurs vertus que par leurs titres de noblesse. Son père, nommé Euphémius, prit lui-même un soin tout particulier de l'éducation de son fils, et après qu'il lui eût enseigné les premiers éléments des lettres et des sciences, il l'envoya à Aix, afin qu'il y fît ses études et qu'il y apprît tout ce que doit savoir un jeune homme de qualité.

L'université d'Aix était alors très-florissante. Jean s'appliquait à profiter des leçons de ses différents maîtres; mais il montrait bien plus d'ardeur encore pour se perfectionner dans la pratique des vertus chrétiennes. Il avait pour les pauvres une charité extraordinaire et employait au soulagement de leurs misères une partie considérable de l'argent qu'il recevait de sa famille. Il allait régulièrement tous les vendredis à l'hôpital. Là il servait les malades, pansait leurs plaies et leur procurait avec joie tous les secours qu'il était en son pouvoir de leur donner.

C'est ainsi qu'il passa le temps de ses études dans le travail et l'application à orner son esprit de toutes les connaissances qu'il lui importait d'ac-

quérir, et à former son cœur à la pratique de
toutes les vertus qui devaient par la suite donner
tant d'éclat à sa vie et procurer de si grands avantages à ses semblables.

Le temps fixé pour son retour dans la maison
paternelle étant arrivé, il quitta l'université au
grand regret de ses maîtres et de ses condisciples,
et bien plus encore des pauvres que, pendant plusieurs années, il avait édifiés par sa piété et sou-
lagés par ses abondantes aumônes.

Dès qu'il fut arrivé chez ses parents, il leur
demanda la permission de continuer ses pieux
exercices. Son père s'opposa d'abord à ce dessein,
lui représentant qu'il le destinait à une profession
libérale, et que pour vivre dans le monde où
il allait entrer, il ne pouvait se livrer à des exercices continuels de piété et de charité qui étaient
bien plutôt le partage des ecclésiastiques que celui
d'un magistrat. La mère de son côté représentait
à son époux que, dès la naissance de son fils, elle
l'avait consacré au Seigneur, et elle joignait ses
prières à celles de Jean, pour obtenir la faveur

qu'il demandait avec tant d'instances. Le père,
voyant qu'il ne pouvait résister plus longtemps
sans s'opposer aux ordres du Ciel, accéda aux
prières de son fils et lui donna sa bénédiction.

Jean, au comble de ses vœux, se retira aussitôt
dans un petit ermitage qui n'était pas éloigné de
Faucon. Son intention était d'y vivre séquestré
du commerce du monde, pour ne plus converser
qu'avec Dieu; mais il ne tarda pas à s'apercevoir
que ce lieu n'était pas propre à remplir le but
qu'il s'était proposé, et que ce n'était point là cette
solitude entière après laquelle il soupirait. Les
fréquentes visites que lui faisaient ses parents et
ses amis lui causant des distractions continuelles,
il crut devoir quitter sa cellule; mais avant de
mettre ce projet à exécution, il redoubla de ferveur, passa plusieurs jours et plusieurs nuits en
prières pour supplier le Seigneur de daigner lui
faire connaître sa volonté. La voix du Ciel se
manifesta à son cœur; Dieu, qui le réservait à
de grandes choses pour l'édification et le soulagement du prochain, lui inspira la pensée d'em—

brasser l'état ecclésiastique; et Jean, fidèle à la voix du Seigneur, abandonna aussitôt sa chère solitude; il alla trouver son père et le pria de l'envoyer à Paris pour y étudier la théologie.

Euphémius approuva le dessein de son fils et lui permit volontiers de se rendre dans la capitale. Jean fit son cours avec le plus grand succès; il prit les degrés ordinaires et enfin le bonnet de docteur, quoique sa modestie lui inspirât de la répugnance pour cet honneur.

Peu de temps après, il fut ordonné prêtre; il célébra sa première messe dans la chapelle de l'évêché de Paris. Maurice de Lully, qui occupait alors le siége de la capitale, les abbés de Saint-Victor et de Sainte-Geneviève, et le recteur de l'Université voulurent y assister. A la ferveur angélique avec laquelle le saint célébrait l'auguste Sacrifice, il leur fut facile de juger que l'Esprit de Dieu résidait en lui avec la plénitude de ses graces.

Ce fut le jour même où il dit sa première messe que Jean, par une inspiration particulière

du Ciel [1], forma la généreuse résolution de travailler à racheter les chrétiens infortunés qui gémissaient dans l'esclavage chez les nations infidèles. Il envisageait deux choses dans cette bonne
œuvre : la délivrance des corps et le salut des
âmes, qui courent les plus grands risques de se
perdre au milieu de ces peuples barbares.

Il ne voulut cependant rien entreprendre avant
d'avoir consulté le Seigneur d'une manière toute
spéciale, et il prit la résolution de se retirer de
nouveau dans un lieu solitaire, afin d'attirer sur

[1] Suivant la pieuse légende que la tradition a conservée,
« Un ange lui apparut au *lever-Dieu*, beau, radieux, éclatant
de lumière, ayant sur la poitrine une croix rouge et bleue, et à
ses côtés deux esclaves, l'un chrétien, l'autre turc. Cet ange
semblait échanger les deux esclaves. » Jean conféra de cette
vision avec tous les dignitaires de l'Eglise et de l'Université de
Paris. Tous lui déclarèrent qu'il leur semblait que Dieu avait
formé des desseins particuliers sur lui et qu'il le réservait pour
de grandes choses.

« Quelques temps après cette vision, continue la légende,
s'étant retiré dans le bois de Gandelu avec Felix de Valois, ils
étaient souvent visités dans cette solitude, non par des hommes,
mais par un cerf haut encorné, qui portait au milieu de son bois
une grande croix rouge et bleue, semblable à celle qui avait
apparu à Matha sur la poitrine de l'ange. »

lui les lumières de l'Esprit-Saint par une prière fervente et continuelle, et par tous les exercices de la pénitence.

C'est alors qu'il entendit parler d'un saint ermite nommé Félix de Valois, qui vivait dans une forêt, près du bourg de *Gandelu*, au diocèse de Meaux. Il l'alla trouver aussitôt, et le pria de le recevoir dans son ermitage et de l'instruire des voies qui conduisent à la perfection.

Félix découvrit aisément qu'il n'avait point à faire à un homme novice dans la vie spirituelle; aussi le regarda-t-il moins comme son disciple que comme un compagnon que Dieu lui avait envoyé.

Il serait impossible d'exprimer jusqu'à quel degré de perfection nos deux saints portèrent l'esprit d'oraison et avec quel zèle ils embrassèrent les plus rigoureuses austérités. Leurs veilles étaient longues, et leurs jeûnes presque continuels. Leur occupation la plus ordinaire était la contemplation; et ils n'avaient d'autre but dans tous leurs entretiens que d'allumer de plus en plus dans leurs cœurs le feu sacré de l'amour divin.

Un jour qu'ils s'entretenaient ensemble sur le bord d'une fontaine, Jean s'ouvrit à Félix sur la pensée qui lui était venue le jour où il avait célébré sa première messe, de se consacrer à la délivrance des chrétiens captifs chez les mahométans. Il parla de l'utilité et de l'excellence de cette entreprise d'une manière si vive et si touchante, que Félix ne douta point qu'un tel projet ne vînt de Dieu; il en loua l'exécution et s'offrit même pour y concourir autant qu'il serait en lui.

Les deux saints n'étaient plus embarrassés que sur le choix des moyens qu'il fallait prendre pour effectuer le noble désir qui leur avait été inspiré par la charité. Ils se recommandèrent à Dieu et redoublèrent leurs mortifications et leurs prières, afin d'obtenir de nouvelles lumières sur la conduite qu'ils avaient à tenir. Quelques jours après, ils résolurent de se mettre en chemin pour Rome et partirent vers la fin de l'an 1197, sans pouvoir être retenus par les incommodités d'une saison rigoureuse.

En arrivant dans la capitale du monde chrétien,

ils trouvèrent le pape Innocent III sur la chaire de Saint-Pierre. Ce souverain pontife ayant été instruit par des lettres de recommandation qui lui furent présentées de la part de l'évêque de Paris, de la réputation de sainteté dont les deux pèlerins jouissaient en France et des pieux desseins qu'ils avaient formés, les reçut comme deux anges envoyés du Ciel, les fit loger dans son palais, et leur accorda plusieurs audiences particulières, afin qu'ils lui expliquassent dans le plus grand détail les rapports et la nature de leur projet. Il assembla ensuite les cardinaux et plusieurs évêques dans le palais de Saint-Jean de Latran, pour prendre leur avis sur une affaire d'une si grande importance. Après plusieurs délibérations, il ordonna un jeûne et des prières particulières, afin d'obtenir de Dieu qu'il daignât manifester sa volonté. Enfin, ne pouvant plus douter que les deux ermites français ne fussent conduits par l'Esprit de Dieu, et considérant l'utilité que l'Église retirerait de l'Institut qu'ils avaient formé le projet de fonder, il en forma un Ordre religieux dont Jean fut déclaré le premier ministre-général. L'évêque de Paris et l'abbé de Saint-Victor furent chargés d'en dresser la règle, et le pape l'approuva par une bulle donnée en 1198.

Le souverain pontife voulut que les nouveaux religieux portassent l'habit blanc avec une croix rouge et bleue sur la poitrine [1], et qu'ils prissent le nom de *Frères de l'ordre de la Sainte-Trinité.* Il confirma quelque temps après le même institut et lui accorda de nouveaux priviléges par une bulle en date de l'année 1209.

Lorsque les deux saints eurent obtenu l'insigne faveur qu'ils avaient si ardemment sollicitée et si instamment désirée, ils ne songèrent plus qu'à retourner en France et à commencer l'œuvre que l'Esprit-Saint leur avait inspirée et que le Vicaire de Jésus-Christ avait fécondée de ses bénédictions.

[1] Ces trois couleurs unies, blanc, rouge et bleue, furent celles de tous les ornements et cordons des bannières de l'ordre des Mathurins. Ces couleurs n'appartenaient pas seulement à ces pères Rédempteurs, elles étaient celles de la livrée des rois de France, dès avant Henri III.

III

Etablissement de l'Ordre des Trinitaires.

Après avoir ainsi rallumé le feu sacré de leur foi, de leur piété et de leur charité au foyer toujours ardent, sous la divine influence duquel on a vu dans tous les siècles éclore tant de sublimes vertus, Félix et Jean prirent congé du souverain pontife, reçurent une dernière fois sa bénédiction et se mirent en route pour la France.

Ils marchaient à pied, s'entretenant pendant tout le chemin des moyens à employer pour établir la grande œuvre qu'ils s'étaient proposée, et priant le Seigneur d'affermir lui-même sur des bases solides le nouvel institut qu'ils allaient former.

Mais quelles étaient donc les ressources matérielles dont pouvaient disposer deux pauvres religieux qui, avant d'entreprendre de mener la vie solitaire, avaient donné aux indigents tout ce qu'ils possédaient dans le monde? Aux yeux d'un spéculateur même des plus hardis, une telle entreprise aurait paru impossible, absurde, surtout dans un siècle où les puissants chevaliers épuisaient leurs dernières ressources et engageaient ou aliénaient leurs terres et leurs châteaux pour rassembler et entretenir des hommes d'armes qu'ils emmenaient avec eux à la conquête des lieux sanctifiés par la présence du Sauveur.

Mais pour l'homme de foi rien ne paraît impossible. N'a-t-il pas confiance dans cette Providence paternelle qui prend soin de vêtir magnifiquement le lis des champs, qui donne la pâture aux plus petits des oiseaux, et qui nous défend de nous inquiéter du lendemain, parce qu'elle sait ce qu'il faut à chacun de nous et qu'elle tient toujours en réserve des ressources pour tous nos besoins? N'est-ce pas en effet lorsque nous nous croyons

le plus abandonnés qu'elle se manifeste à nous plus
visiblement, afin de nous faire mieux sentir quelle
confiance sans bornes nous devons avoir en elle?

C'est de cette douce confiance qu'étaient animés
nos deux saints pour fonder la grande œuvre de
miséricorde qu'ils avaient projetée. Dès leur arrivée
en France, ils se présentèrent au roi Philippe-Auguste, et l'informèrent des faveurs que leur avait
accordées le Père commun des fidèles. Ce prince,
qui était éminemment religieux et qui avait à
cœur de favoriser la propagation des bonnes œuvres,
agréa avec bienveillance la proposition d'établir
l'ordre des Trinitaires dans son royaume, favorisa
cet établissement par de nombreuses libéralités, et
recommanda cette œuvre d'une manière pressante à
Gaston III, seigneur de Châtillon, qu'il regardait
comme le seigneur le plus pieux de tout son
royaume [1]. Cet illustre chevalier, moins encore
pour se rendre agréable au roi que pour satisfaire
sa vive piété, s'empressa de contribuer de tout

---

[1] Ce seigneur était l'aïeul de Gaucher V, aussi seigneur de
Châtillon, qui fut connétable sous Philippe le Bel.

son pouvoir à l'établissement de l'ordre des Trinitaires; il leur octroya un de ses domaines pour y
bâtir un couvent, et contribua de ses propres deniers à l'édification du monastère.

A peine cette maison était-elle achevée qu'un
nombre considérable de disciples s'y rendirent de
tous les points de l'univers, tant la réputation des
deux saints s'était déjà répandue dans le monde!
Chacun aspirait au bonheur d'entrer dans le nouvel ordre, pour venir se sanctifier sous leur conduite; et le monastère fut bientôt trop étroit pour
contenir les religieux qui y affluaient de toutes
parts.

Le seigneur de Châtillon, qui ne savait point
mettre des bornes à sa générosité, et qui tenait à
honneur d'achever l'œuvre qu'il avait si heureusement commencée, pria à son tour le roi de vouloir bien lui venir en aide; en même temps il lui
fit une peinture si brillante, si exacte et si vraie
de la prospérité merveilleuse de la nouvelle com-
munauté, que Philippe-Auguste n'hésita pas à donner en toute propriété à l'ordre des Trinitaires la

vaste étendue de terrain appelée Cerfroid[1]. C'était précisément en ce lieu que les deux saints avaient concerté le premier plan de leur institut. Ils y jetèrent aussitôt les fondements du monastère qui a toujours passé depuis pour le chef-lieu de leur ordre.

Mais quelque vaste que fût ce nouveau monastère, Jean et Félix sentirent bientôt la nécessité d'en bâtir plusieurs autres en France, tant on avait d'ardeur pour étendre une religion fondée sur la plus pure charité! Ils envoyèrent à cet effet quelques-uns de leurs disciples au comte de Flandre, au comte de Blois, et à d'autres puissants seigneurs croisés qui allaient s'embarquer pour la Palestine.

L'occupation des religieux trinitaires devait être d'instruire les soldats, de prendre soin des malades et de travailler à racheter les captifs. Le pape écrivit à Miramolin, roi de Maroc, pour les lui recommander. Cette lettre produisit un heureux effet;

[1] Aujourd'hui Montigny-l'Allier dans le département de Seine-et-Marne. Le monastère de Cerfroid, en latin de *Cervo frigido*.

car les religieux qui avaient été envoyés dans le royaume de ce prince en l'année 1201, rachetèrent cent quatre-vingt-six esclaves chrétiens. L'année suivante, saint Jean alla lui-même à Tunis, où il en délivra plus de cent. Il se rendit ensuite en Provence, où il intéressa par ses prédications les fidèles en faveur des malheureux captifs. Il sut communiquer son zèle et sa charité à tous ses auditeurs, qui, vivement touchés des maux que souffraient les esclaves chrétiens, lui donnèrent d'abondantes aumônes. Le saint recueillit ainsi des sommes considérables qui lui servirent à procurer la liberté à un grand nombre d'infortunés qui gémissaient dans les fers des Maures d'Espagne.

Tant de bonnes œuvres opérées par le saint fondateur et par ses disciples augmentèrent beaucoup la réputation du nouvel ordre, et inspirèrent depuis à saint Pierre Nolasque le désir d'en fonder un second à peu près sur le même plan. Ce second ordre fut connu plus tard sous le nom des Pères de la Merci.

Notre saint fit un second voyage à Tunis, en 1210. Il eut beaucoup à souffrir de la part des

mahométans, irrités de l'ardeur avec laquelle il
exhortait les captifs à supporter leurs maux avec
patience et à mourir plutôt que de renoncer à leur
foi. Le trait suivant donnera une idée de la barbarie de ces infidèles.

Lorsqu'ils virent le saint s'embarquer avec les
cent vingt esclaves qu'il avait rachetés, ils ôtèrent
le gouvernail du vaisseau et en déchirèrent les
voiles, afin qu'il pérît au milieu des flots. Jean,
plein de confiance en Dieu, ne perdit point courage. Il pria le Ciel de prendre lui-même la conduite du vaisseau ; puis, ayant tendu les manteaux
de ses compagnons en forme de voiles, il se mit à
genoux sur le tillac, le crucifix à la main, chantant
des psaumes durant tout le trajet.

L'événement prouva qu'une foi vive ne demeure
jamais sans récompense. La navigation fut très-
heureuse, et le vaisseau aborda en fort peu de jours
au port d'Ostie, en Italie.

Comme la santé du saint dépérissait sensiblement
et que ses forces l'abandonnaient peu à peu chaque
jour, il fut obligé de demeurer à Rome et d'y

passer le peu de temps qui lui restait encore à vivre.

Quant au bienheureux Félix de Valois son collègue, il demeurait toujours en France, où il travaillait avec un merveilleux succès à la propagation de son ordre. Ce fut vers ce même temps qu'il lui procura un établissement à Paris. Le monastère fut bâti à l'endroit où était une chapelle dédiée sous l'invocation de Saint-Mathurin, et c'est de là qu'est venu le nom de *Mathurins* aux Trinitaires de France. Chargé d'années et de mérites, saint Félix mourut dans la solitude de Cerfroid, le 4 novembre 1212, à l'âge de quatre-vingt-cinq ans et sept mois.

Jean de Matha vécut encore deux années à Rome, uniquement occupé à exercer les œuvres de miséricorde et à prêcher la nécessité de la pénitence. Dieu donnait une telle efficacité à ses discours, que les pécheurs les plus endurcis rentraient en eux-mêmes et prenaient une sincère résolution de satisfaire à la justice divine pour leurs iniquités. Il succomba enfin sous le poids de ses travaux et de ses austérités, et mourut le 21 décembre 1213, à l'âge de soixante-un ans. Il fut enterré dans l'église de Saint-Thomas, où l'on voit encore son tombeau. Plus tard son corps fut transporté en Espagne. Le pape Innocent XI a fixé la fête de saint Jean de Matha au huitième jour de février.

Nous verrons, à la suite de cet ouvrage, quelle était la règle de l'ordre des Trinitaires. Nous allons auparavant donner le récit détaillé d'un voyage entrepris par deux religieux de cet ordre, pour racheter des captifs à Alger, dans un temps bien plus rapproché de notre époque; et d'après toutes les difficultés et les persécutions qu'éprouvaient encore les bons religieux en 1645, de la part des infidèles, on pourra aisément se faire une idée des obstacles et des dangers qu'eût à surmonter saint Jean de Matha, lorsque pour la première fois, vers l'an 1200, il se présenta chez les Barbares pour accomplir l'œuvre à laquelle il s'était dévoué.

I V

Un rachat de captifs.

I

C'était en l'année 1645. Le chapitre général de l'ordre de la Sainte-Trinité était assemblé au couvent de Cerfroid, maison capitale de l'Ordre. Il s'agissait de l'élection d'un père et d'un frère convers qui tous deux devaient aller en Algérie racheter de pauvres chrétiens français que les corsaires de Barbarie avaient pris sur les bâtiments du commerce, et qui languissaient au bagne ou chez quelques maîtres particuliers, attendant que le dévouement des moines mathurins et l'aumône des fidèles assurassent leur délivrance.

Cette assemblée grave et recueillie était présidée

par le frère Louis, docteur ès-saints-décrets, gé-
néral et grand-ministre de l'ordre de la Sainte-
Trinité, conseiller et aumônier de Sa Majesté Très-
Chrétienne, Louis treizième du nom.

Plusieurs frères s'étaient mis sur les rangs, et
avec eux, les pères supérieurs des maisons de
Douai, de Mortagne, de Paris et de l'Honneur-
Dieu, près Chelles-en-Brie, tant était grand le zèle
de ces hommes pieux pour la cause de l'humanité
souffrante !

On allait procéder à un scrutin, quand le général, prenant la parole, rappela à ses frères qu'il
fallait un grand courage, une constance à toute
épreuve, une renonciation absolue aux vanités et
aux attaches du monde, pour remplir fidèlement
la mission sacrée que chacun d'eux brûlait de se
voir octroyer. « Il faut tout braver avec joie, avec
résignation du moins, tout jusqu'au martyre !

— Oui, jusqu'au martyre ! » s'écria avec force
en se levant un homme d'une quarantaine d'années
environ, beau, grand, portant la barbe grise, la
moustache épaisse et retroussée, une noble balafre

au milieu du front; vétéran déjà, des voyages aux
terres de Barbarie, qui avait vu la mort de bien
près à Salé et à Maroc, en arrachant à la chaîne
bon nombre de Français que les hasards de la
guerre maritime y avaient attachés.

Ce moine, c'était le père Lucien Hérault, que sa
vertu et ses connaissances pratiques des coutumes
des États barbaresques désignaient aux suffrages
de ses égaux, mais que l'ordre aurait voulu ne pas
exposer une fois encore à des dangers qui devaient
le faire mourir un jour en terre païenne : tout le
monde en avait le pressentiment. Hérault renou-
vela ses instances avec tant de force, il promit tant
de faire tout ce qui pourrait s'accorder avec la
charité et son devoir de Trinitaire, pour conserver
aux mathurins un de leurs frères les plus précieux,
que toutes les voix le désignèrent.

Frère Boniface du Bois, jeune convers qui désirait ardemment faire sa première campagne, lui
fut adjoint, et le révérendissime frère Louis, tirant
d'un coffret aux armes du roi, un parchemin, dit
au père Lucien :

« Voici votre passe-port, mon frère, et vos pou-
voirs. Rien n'y manque, ni la signature de monseigneur Bouthillier, le secrétaire d'Etat, ni le
sceau de cire jaune aux trois fleurs de lis. Quant
à l'aumône, cet argent que l'activité et l'industrie
de notre révérend procureur-général, le père Claude
Ralle, ont beaucoup augmenté, grace aux bontés
et aux libéralités particulières des gens de bien de
tout le royaume, elle est assez considérable. Je
ne parle point de ce que vient d'ajouter la taxe
de nos couvents et des maisons que nous possédons
dans les provinces de France, de Champagne, de
Picardie, de Normandie et de Flandre, c'était de
droit. La source des œuvres charitables n'est point
tarie, grace à Dieu, et vous emportez avec vous
près de cinquante mille livres. Une chose que je
ne dois point laisser ignorer au chapitre, c'est que
Sa Majesté la reine régente, notre gracieuse souveraine, nous a envoyé mille livres tournois, en
assurant notre ordre de sa protection toute spéciale. Des quêtes faites dans toutes les paroisses
de Paris par des dames de la noblesse et des de-

moiselles de la bourgeoisie, ont singulièrement
contribué à accroître le chiffre de l'aumône.

» Nous prierons pour ces personnes respectables
et pour notre reine Madame Anne d'Autriche, que
Dieu sauve de tout malheur ! Maintenant, recevez
ma bénédiction, vous qui allez braver les vents,
la mer, et plus que cela, la dureté du cœur des
infidèles. Que le Ciel vous protége et vous ramène
bientôt, pasteurs tendres et courageux, qui allez
arracher à la dent cruelle du loup ravisseur, les
brebis que les infidèles mahométants ont enlevées
sur les domaines des chrétiens ! »

Il cessa de parler; et aussitôt Lucien Hérault
et Boniface du Bois, agenouillés aux pieds du général, se prosternèrent la face contre les dalles
de marbre du chœur, et après avoir reçu la bénédiction de leur révérendissime père en Dieu, ils se
relevèrent pour l'embrasser et recevoir l'accolade
fraternelle de tous les religieux. Le lendemain,
ils étaient ensemble sur la route de Marseille, où
les emportaient d'un pas grave et mesuré, deux
grandes mules d'Espagne que le gouverneur de

Meaux leur avait envoyées, belles et bien enharnachées.

L'aumône fut remise par le père procureur-général au banquier Frarin, qui la fit tenir à Marseille, en y ajoutant la somme de trois cents livres, indépendamment des mille livres qui lui revenaient pour ses droits de change, et dont il faisait remise entière, générosité qui lui fit un honneur infini dans toutes les communautés de l'ordre des Mathurins.

Ce fut chez leurs frères que Boniface du Bois et le père qu'il accompagnait allèrent se loger à Marseille. Le premier soin du révérend Lucien Hérault fut de faire marché avec un capitaine de navire pour leur passage à Alger et pour leur retour avec cent vingt captifs qu'ils espéraient racheter. Maître Maillan, patron d'une polacre neuve et bien équipée [1], loua son navire, qui alla mouiller tout de suite au château d'If, après avoir embarqué ses vivres et ses munitions de guerre; car

[1] La polacre du commencement du XVIIe siècle différait beaucoup de celles qui courent aujourd'hui sur la Méditerranée. Son mât de l'avant et celui de l'arrière étaient à voiles latines; son mât du milieu portait deux voiles carrées.

alors le vaisseau marchand portait des armes pour
se défendre, en cas de rencontre des pillards et
des écumeurs de mer.

Un matin, pendant que Lucien Hérault était
occupé à régler avec le ministre du couvent des
Mathurins de Marseille, quelques affaires relatives
à sa pieuse mission, deux personnes se présentèrent
et demandèrent à lui parler. La première était une
bonne femme portant le *Mezzaro* blanc ou voile des
femmes de Gênes; elle était toute tremblante, pleu-
rait, et l'on pouvait reconnaître à la rougeur de
ses yeux, que depuis longtemps bien des larmes
en avaient coulé. La seconde personne était un
valet ayant le juste-au-corps aux couleurs de la
reine, botté, éperonné, le fouet à la main, et qui
venait de descendre de cheval à la porte du couvent. Le courrier et la signora Gambazzo attendaient que le révérend Hérault pût les recevoir;
il parut bientôt.

« Vous avez à me parler, madame?... Qui vous
a dépêché vers moi, mon ami? Si je ne me trompe,
vous êtes à la reine, notre digne et sage régente.

— Oui, révérend, j'apporte à votre seigneurie
une lettre de Sa Majesté. J'ai fait diligence, je vous
assure, et je crois bien que les chevaux qui m'ont
apporté ne pourront point me remporter. Voici le
paquet de la cour. »

Hérault prit le parchemin roulé que le courrier
sortait du fond de son chapel, et le délia, tout
en écoutant madame Gambazzo, qui lui disait dans
un patois presque italien, où se plaçaient quelques
mots de l'idiôme provençal :

« Je suis, moi, une pauvre mère qui vient demander une grace. Il n'y a que Dieu et vous qui
puissiez m'exaucer.

— Je vous entendrai dans un moment, ma chère
dame ; laissez-moi, je vous prie, lire les ordres de
la reine. »

Le père supérieur entrait à ce moment, et Lucien
Hérault, après avoir fait signe de la main au courrier qu'il pouvait sortir :

« Mon père, dit-il, voici une missive de la
cour ; voyons ce que demande la reine. »

Et il se mit à lire tout haut :

« Au révérend père Lucien Hérault, religieux
» de l'ordre de la Trinité et de la Rédemption des
» captifs.

» Révérend père, sachant que vous êtes sur le
» point de vous embarquer pour Alger, où vous
» êtes envoyé pour le rachat des esclaves chrétiens
» qui s'y trouvent, je vous fais parvenir cette lettre
» pour vous recommander très-particulièrement les
» pères Anaclet de l'Assay, Théophile de Rennes
» et Hilarion de Roscof, capucins de la province de
» Bretagne, détenus captifs audit Alger, auxquels
» je désire que vous procuriez la liberté, par pré-
» férence à tous autres, vous assurant que j'ap-
» prendrai avec joie la nouvelle de leur délivrance,
» pendant que je prie Dieu de vous avoir, révé-
» rend père, en sa sainte garde.

                    » ANNE.

              » LE GROS, secrétaire.

» A Paris, le deuxième mars 1645. »

Les deux pères firent, en signe d'assentiment,
une profonde inclination de tête; Lucien roula le

parchemin qu'il mit dans sa manche; puis il s'avança gravement vers la Génoise, qui l'attendait discrètement dans un coin du parloir, mais qui avait entendu et compris ce que le révérend Hérault venait de lire.

« Que puis-je pour vous, madame ? Vous me croyez donc assez heureux ou assez puissant pour vous obliger ?

— Je ne suis pas une grande reine, mon père, et je n'ai pas des courriers qui portent mes désirs au loin. Je suis une petite marchande de Gênes, et je viens à pieds pour implorer votre généreuse assistance. Le père Matthéo Lomellini, qui a l'honneur de vous connaître, m'a dit que vous alliez en Algérie racheter des chrétiens de cet enfer où ils expient les péchés qu'ils ont commis. Il m'a dit que vous êtes bon, et que vous serez touché des larmes d'une mère. »

La signora Gambazzo se jeta alors aux genoux du R. P., qui se hâta de la relever en lui disant :

« Je sais ce qu'une mère peut avoir à me de-

mander ; je comprends les larmes d'une mère; car
moi, ma sœur, j'ai dans mon village une vieille
mère qui pleure aussi. Elle croit que je ne revien-
drai pas de Barbarie ; et déjà sa tendresse inquiète
brûle aux autels de la Vierge une cire suppliante
que sa main attentive renouvellera jusqu'à mon retour.... si je dois revenir. Vous voyez que je suis
en mesure de vous entendre ; vous voyez que je
compatis tout naturellement à votre douleur! Et
quand je ne vous verrais pas dans l'affliction comme
cette bonne Benoîte Hérault, ma mère bien-aimée
et respectable, je serais tout à vous. Mes vœux me
donnent à toutes les familles dont quelque membre
gémit sur la terre païenne, et le Seigneur notre
Dieu sait si j'accomplis avec amour les devoirs qu'il
m'impose. Parlez donc, madame, dites-moi ce que
vous avez à espérer de mon dévouement à tous
mes frères ; la reine de France ne sera pas obéie
avec plus d'empressement que la bourgeoise de
Gênes.

— Que vous me faites de bien, mon révérendissime père! daignez donc écouter avec patience

le récit de mes infortunes, car le chagrin et l'amour maternel ont beaucoup de paroles.

— Asseyons-nous, mes oreilles et mon cœur sont ouverts pour vous écouter.

— Peu vous importe mon nom, n'est-ce pas? cependant il faut que vous le sachiez, puisque celui pour qui je viens vous prier le porte aussi. On m'appelle Aurietta Gambazzo. Je suis fille d'un de ces fiers marins génois qui ont acquis tant de renom dans la Méditerranée. Je suis veuve aussi d'un de ces marins. Hélas! mon mari est mort il y a peu de temps. Le chagrin l'a tué, lui, cet homme si fort, qui quarante ans avait couru les mers, qui avait fait trois fois naufrage, et vingt fois s'était battu contre les pirates de l'Afrique. Le chagrin tue les hommes; Dieu ne veut pas qu'il tue les femmes, afin peut-être qu'elles gagnent le ciel par des souffrances plus longues et par une plus grande résignation.

» Mon mari était maître de navire, comme son père, comme le mien; il voulut que son fils, son fils unique, fût marin aussi. Je le suppliai de me

laisser cet enfant qui, en l'absence de Pietro Gambazzo, était toute ma joie : « Il me secondera dans
mon petit négoce (je suis marchande dans *Sotto
Ripa*, et je vends aux gens de mer du linge, des
provisions, tout ce qu'il faut enfin). » Il me secondera, disais-je à Piétro, pourquoi voulez-vous
l'éloigner de moi? C'est votre image; et quand vous
êtes au loin, je le regarde avec tendresse pour me
rapprocher de vous, de même que pour rêver du
paradis, je contemple la belle image de la madone
qui veille sur ma maison.

» Cela ne fit rien. Pietro répondit sévèrement
qu'il voulait voir les Gambazzo se perpétuer dans
la marine génoise qui en comptait déjà plusieurs,
car, disait-il avec orgueil, il y avait un Gambazzo
dans l'armement de saint Louis pour le pèlerinage
à Jérusalem.

» Je n'avais que des pleurs à opposer à cet
ordre. Je pleurai; et j'ai beaucoup pleuré depuis,
mon père! Jeannettino, qui vivait sur le port avec
tous nos *barcarnoli*, n'avait point de répugnance
pour la mer; il était d'ailleurs aventureux comme

le sont les jeunes gens, ceux de Gênes surtout ; il
obéit facilement à son père et s'embarqua dans un
galion qui allait à Lisbonne. Je ne vous dirai pas ma
douleur !... Regardez, mon père, j'ai quarante ans
à peine, et vous voyez ce qu'est devenu un visage
qui m'avait fait donner le surnom d'*Aurietta la
Bella*.

» Le galion fit rencontre de plusieurs corsaires
algériens qui lui donnèrent la chasse. On se battit ;
un boulet ardent, lancé par les pirates, tomba par
malheur au milieu des poudres du navire génois,
qui sauta en l'air avec tous ses matelots. Jeannettino mon fils fut jeté dans la mer comme ses
compagnons ; il avait le visage et les mains brûlés.
Il nagea pourtant au hasard ; et bientôt l'esquif
d'un des Algériens qui recueillaient les survivants
sur le champ de bataille, le tira de l'eau, souf-
frant des maux horribles, mais encore plus malheureux que vous ne pouvez croire, car il avait
perdu la vue....

» Hélas ! oui, mon père ! aveugle, le pauvre
enfant !...

» Cependant on lui donna des soins, parce qu'on espérait l'envoyer à l'empereur de ces Turcs, vu qu'il est jeune — dix-huit ans depuis Noël dernier — et qu'on pensait que le grand-seigneur le contraindrait à se renier et à prendre le turban. Ibrahim-Raïs le garda donc et l'a encore dans ses jardins. Sa foi n'a point été ébranlée; mais qui sait si le malheur ne l'affaiblira pas, et s'il ne viendra pas à abjurer?

— Non, ma sœur, il n'abjurera point, j'en ai la confiance; et je crois que Dieu a voulu le rendre aveugle pour le préserver du malheur de se donner à un culte impie.

— Je pense que Jeannettino n'étant capable d'aucun service pour son patron, Ibrahim-Raïs le vendrait volontiers et s'en déferait à bon marché. Voilà dix-huit piastres que j'ai pu réaliser; ce ne sera pas assez sans doute, mais l'argent de la charité vous donnera le moyen de satisfaire Ibrahim. Ah! mon père, rachetez Jeannettino Gambazzo, ramenez-moi mon pauvre aveugle dont la captivité a coûté la vie à son père; rapprochez du même

tronc ces deux branches malades, pour qu'elles se
soutiennent l'une l'autre. Vous comprenez que je
ne puis exister sans cet enfant, ce portrait du pauvre Piétro, portrait bien défiguré sans doute! Il
était si beau, Jeannettino!... mais il n'est point
de fils laids pour une mère, et je serai trop
heureuse de le retrouver laid et aveugle!

— Gardez votre argent, bonne femme; vous en
avez besoin pour cet enfant, qui vous sera rendu,
je vous le promets. Puissé-je, au bord de la mer
d'Afrique, trouver pour cet autre Tobie un poisson
miraculeux!... Mais, hélas! je ne suis pas un ange,
et je ne suis pas digne que Dieu se serve de moi
comme d'instrument pour opérer un miracle.

— Mon fils me sera rendu, révérendissime
père! Vous songerez à lui comme aux capucins
de la reine de France!... Soyez donc béni, mon
sauveur! que Dieu envoie à votre mère des joies
égales à celles dont mon cœur est comblé maintenant! »

Et Aurietta Gambazzo s'agenouilla devant le trinitaire, dont elle prit le scapulaire blanc orné d'une

longue croix rouge et bleue, qu'elle couvrit de
baisers ardents et des larmes de la plus sincère
reconnaissance.

« Retournez à Gênes, car il serait trop long pour
vous d'attendre à Marseille. Je vous adresserai une
lettre qui vous apprendra à temps le retour de la
polacre *le Saint-Jean de Matha*, nom que je lui
ai donné en mémoire du bienheureux patron et
fondateur de notre ordre; et vous viendrez alors,
si vous le voulez, au-devant de votre fils.

— Si je le veux, grand Dieu! si je le veux!...

— Priez pour nous, madame! intéressez frère
Lomellini et son couvent à notre voyage; car nous
comptons sur les prières de toutes les âmes pieuses;
adieu. »

Quelques jours après cet entretien, Aurietta
Gambazzo était de retour à Gênes, et la polacre
de maître Maillan mouillait dans le port d'Alger.

V

Un rachat de captifs.

II

Quand le père Lucien Hérault et le frère Boniface du Bois eurent obtenu de Youssouf, pacha d'Alger, la permission de descendre à terre, ils allèrent au divan, où le dey les reçut avec les égards qu'un riche présent envoyé par la reine Anne d'Autriche à ce vice-roi leur avait achetés. Le père rédempteur traita de tous les droits qu'il devait payer pour le rachat des captifs cette année et les suivantes, à savoir :

« Au bascha, plus de vingt pièces de huict (huit piastres) pour chacun esclave ;

» Au gardien du port, un réau ou réale de huict (une piastre ou pièce de huit réales);

» A l'armin du bascha, une réale de huict;

» A l'ally-baschi de la douane, une pièce de huict;

» A l'alcassave, qui est le chasteau de la ville, trois réales pour teste;

» Au maître mousse, deux réales et demie pour teste;

» Au truchement, une réale de huict.

» Enfin, pour les droits de l'entrée de l'argent ou marchandise, il se paiera un pour cent, pour le port, et au bascha et à son armin, huict et demy pour cent. »

Après l'audience où cette affaire fut réglée, Boniface et Lucien se mirent en peine de trouver les trois capucins recommandés par la reine, et le pauvre aveugle génois. Dans le souvenir du père Hérault, ce jeune infortuné marchait au même rang que les pères bretons qui lui avaient valu l'honneur d'une lettre de la régente. Mais, comme ils allaient frapper à la porte d'Ibrahim-Raïs, le chély-bey (général des galères) les fit arrêter par ses janissaires et conduire en son palais, lequel était situé à la porte du port.

« Que nous peut vouloir un officier du divan, quand le vice-roi a traité avec nous en sa présence? » dit avec quelque timidité le frère convers, Boniface du Bois, à son supérieur. « Sont-ce là déjà les persécutions qui commencent?

— Oui, mon frère, et voilà vos premières épreuves. C'est ici qu'il faut armer votre cœur de toute la foi chrétienne dont vous êtes capable; c'est ici qu'il faut être fort, car ce barbare peut vouloir notre mort, tout injuste qu'elle serait; et notre tête est à lui, s'il en a envie. Cependant je ne crois pas qu'il ose nous tourmenter, parce que Youssouf et Alger n'ont point oublié que les galères chrétiennes savent venir les châtier, quand ils en usent avec des gens qui ont qualité d'hommes libres, comme envers les esclaves sur lesquels leur cruauté prend le droit de vie et de mort.

— La volonté de Dieu soit faite, mon père!... »

Ils arrivaient, en parlant ainsi, au palais du

chély-bey; Aly-Pichilin, qui les attendait, se promenait, à l'ombre d'orangers hauts et touffus, dans son jardin que rafraîchissaient des jets d'eau nombreux et une riche verdure de printemps.

« De quel droit, prêtres chrétiens, dit le général des galères, avez-vous laissé à la pointe du grand mât de votre polacre, la bannière de votre ordre, et à votre mât d'artimon, la bannière de France? Ne savez-vous pas que bannière c'est souveraineté, et vous croyez-vous souverains dans la darce d'Alger?

— Souverains! non, nous ne le sommes point, Ali, et nous le savons; nous ne sommes souverains nulle part, et ici encore moins qu'ailleurs. Mais toi, ne te souvient-il plus déjà que quand un des nôtres vint en 1634, avec le sieur Samson Lepage, ambassadeur du roi de France, mon très-auguste maître, on leur fit cette difficulté qu'ils considérèrent comme un affront; et qu'une convention passée entre le représentant de Louis treizième et le dey d'Alger autorisa, non pas eux seulement, mais tout navire français portant ambassadeur ou frère rédempteur, à garder ses bannières?

— Je m'en souviens; mais il y a si longtemps
de cela, que je pourrais bien vouloir ne pas me
les rappeler. Les chrétiens sont chargés de piastres
quand ils viennent ici; rachète les bannières que
j'ai fait abattre, et tu les verras remonter aux mâts
de ta polacre. Cinquante réales de huict, ce n'est
pas trop payer l'honneur de voir flotter en l'air
le blanc de ta bannière de France et la ridicule
croix rouge et bleue de ton ordre. Mais ce n'est
pas tout, et ceci est la moindre des affaires que
nous ayons à arranger ensemble. Il est à Alger
un de vous autres moines à croix de deux couleurs, qui est ton frère, quoiqu'il ne porte pas la
robe blanche comme toi et qu'il ait une robe brune;
il se nomme Sébastien, et nous l'avons retenu
en gage pour des sommes que nous doit son ordre.
Or, puisque te voilà, tu paieras pour Sébastien;
car nous ne pouvons pas perdre, nous autres pauvres corsaires qui faisons des esclaves à grand'peine,
en exposant nos vaisseaux, notre argent et notre
vie.

— Tes prétentions sont injustes, Ali; et je m'étonne que tu oses me faire de semblables réclamations. Les pères de la Mercy n'ont de commun avec les Mathurins trinitaires, que leur mission charitable dans vos pays; ils sont originaires d'Espagne, et nous de France. Je ne puis donc sacrifier en faveur d'une nation étrangère, l'argent qui m'a été remis pour racheter ceux de mes compatriotes qui se trouvent ici. Appelle-nous au batistan; et à ce tribunal que tu présides, tu entendras mes raisons; tu feras comparaitre aussi le père Sébastien, et tu entendras son avis sur ce point, avant de prononcer ta sentence sur cette affaire.

— Je le ferai parce que je suis juste. Mais autre chose encore : j'ai des esclaves à vendre, tu les achèteras. Ils me déplaisent; ce sont des gens qui ne produisent rien et qui dépensent beaucoup; d'ailleurs, ils sont tous jeunes, mariniers ou négociants. Comme Mahomet l'enseigne, il faut être modéré dans ses désirs et point avare; tu ne me donneras donc pour chaque esclave que deux cents piastres.

— Deux cents piastres, Ali! mais c'est le prix le plus cher auquel je pourrais racheter des gentils-hommes; c'est une rançon d'homme considérable.

— Tous les esclaves sont égaux; vois-les dans ma maison et dans les emplois de mon palais, tous nus du cou à la ceinture, tous rasés, tous chargés de chaines également pesantes, tous obéissant au même bâton. Deux cents piastres donc, je n'ai que vingt Français à te céder.

— Vingt à deux cents piastres! c'est impossible.

— Il le faut pourtant. Penses-tu marchander avec moi comme avec un vendeur de chair de bœuf? Ne sais-tu pas qu'ici je suis plus maître que le vice-roi? Ne sais-tu pas que ton différend avec Sébastien de la Mercy dépend de ma sentence arbitraire?....

— Cruel! tu abuses. Fais de nous à ton plaisir; mais les esclaves chrétiens épargne-les; si je t'en paie vingt au prix que j'en devrais payer cinquante....

— Tu as apporté des marchandises pour te fa-

ciliter dans ton commerce ; je t'en achéterai en
échange d'esclaves : tu vois si je suis bon et accom-
modant ! C'est convenu, toute la cargaison m'appartient, tous mes esclaves sont à toi ; tu gagneras
ton procès au batistan, parce que je sais que tu
es dans ton droit ; mais si l'ordre de la Mercy ne
m'envoie pas bientôt quelques milliers de piastres,
je fais jeter Sébastien dans les bagnes.

— Au bagne, Ali ! tu n'y songes pas ! Ce religieux n'appartient pas à notre ordre, il est vrai ;
mais la Mercy paiera pour lui, et tu serais inhu-
main, si tu le chargeais d'odieuses chaînes, quand
il est venu, lui, pour en délivrer de malheureux
chrétiens nos frères. Je demande avant tout sa
grâce.

— Je ferai comme tu feras. »

Le père Lucien Hérault fut obligé de céder aux
volontés du chely-bey, qui, pour l'y contraindre,
employa tous les moyens de persuasion et de violence qui étaient en son pouvoir. Les Mathurins
gagnèrent leur procès au batistan. Hérault perdit
dix pour cent sur la cargaison du *Saint-Jean de*

Matha; mais il ne prit que la moitié des esclaves du général des galères, parce qu'il avait déjà des engagements avec d'autres.

Le frère Boniface avait eu l'imprudence d'aller visiter les pères capucins si particulièrement recommandés par la reine, et de faire savoir qu'on tenait beaucoup à les racheter; cela rendit très-difficile le marché du père Hérault. Il alla trouver Ben-Hamet, renégat espagnol, qui avait un emploi considérable dans la milice : c'était lui qui avait acheté les trois franciscains, il y avait un an, sur le marché de Bab-azoun, à un pirate qui les avait capturés près des Baléares. Ben-Hamet connaissait l'intérêt que ces moines inspiraient au trinitaire, comme prêtres, et surtout comme protégés d'Anne d'Autriche; aussi son premier mot fut-il qu'il n'en céderait pas un, fût-ce le plus vieux, celui qui travaillait à peine, à moins de mille piastres. Hérault voulut marchander; il chercha à réveiller dans le cœur du renégat quelques-uns de ces sentiments chrétiens qu'il espérait ne pas trouver tout à fait éteints. Peine perdue !

« Je sais ce que vaut un moine français, frère Lucien, répondit Ben-Hamet d'un ton railleur. Un bénédictin qui ne sait que lire et travailler de la plume, je te le donnerais pour sept cents piastres ; toi qui es un homme courageux, qui viens ici sans autre avoir que ton chapelet, sans autre appui que ta foi, lutter contre le divan, l'aga et le chély-bey, si tu m'appartenais, je ne te donnerais pas pour quinze cents réales de huict. Un capucin pour qui je n'ai pas la moindre estime parce qu'il n'est pas seulement capable de bêcher la terre comme un chartreux, je le donne presque pour rien, mille piastres !... Il n'est pas un de mes esclaves, soldat, marinier, marchand ou vilain, que je ne te fisse payer plus cher. D'ailleurs, je sais que tu as ordre de racheter Théophile, Anaclet et Hilarion, et tu les achèteras, ou bien.... »

Ben-Hamet s'interrompit, et se retournant du côté d'un jeune Maure qui caressait un lion et jouait avec lui sur son tapis, il lui adressa quelques paroles en arabe. Le Maure sortit, laissant le lion qui alla se placer sur les pieds du renégat,

et bientôt deux esclaves apportèrent aux deux trinitaires des boissons rafraîchissantes, et à Ben-
Hamet, du café dont la vue fit faire aux deux
Français une grimace que le musulman parut trouver fort plaisante [1].

Au bout de quelques minutes, le jeune Mauro
rentra et fit un signe à son maître. Frère Boniface
du Bois pâlit involontairement. Lucien, calme,
grave, caressant sa longue barbe grisonnante, garda
cette sérénité de son regard qui ne s'altérait jamais;
et s'apercevant de l'émotion de son frère, il chercha à le rassurer par de douces paroles empruntés
à l'Écriture.

Boniface avait entendu un bruit d'armes, et il
avait cru son dernier moment arrivé. Des armes
avaient été agitées en effet dans la cour de l'aga,
mais c'était pour d'autres que les trinitaires qu'elles

---

[1] L'histoire des corsaires de Barbarie contient un passage
assez curieux sur une liqueur noire et répugnante à la vue et au
goût, que les Turcs boivent avec beaucoup de plaisir, et qu'ils
appellent café. C'est là la première fois que dans l'histoire, il
est parlé du café qui a soulevé pendant si longtemps des que-
relles ridicules dans le monde entier.

étaient apprêtées. Ben-Hamet se leva, vint prendre Hérault par le bras, se fit devancer par son lion et suivre par le Maure qui conduisait Boniface : on passa sur une terrasse. Quel spectacle frappa les regards des deux moines ! Dans la cour, trois hommes nus, attachés à des poteaux, avaient auprès d'eux des bourreaux armés de bâtons, prêts à frapper.... c'étaient les capucins de la reine.

« Voilà tes frères, Lucien Hérault : ils vont mourir sous la falaque, si tu ne les rachètes pas. Cent coups de bâton les abattront à mes pieds, et comme je suis humain, les balles de fer qui sont dans ces mousquets les achèveront. Tu n'as, pour te décider, que le temps de la prochaine aspiration de mon chibouk.

— Trois mille piastres te seront comptées dans une heure. Tu es un homme cruel, Ali ; plus cruel peut-être que tu ne le penses !... Mais délivre à l'instant ces malheureux.... Mes frères, vous êtes libres ! La reine Anne, notre glorieuse souveraine, vous a rachetés. »

On détacha les capucins, on leur donna des

7

habits, et bientôt ils furent dans les bras des frères Hérault et du Bois.

Lucien reprit alors :

« Notre consul a racheté cent dix captifs, et notre aumône est épuisée ; il faut que j'emprunte deux mille piastres pour accomplir ma mission. Or, ces deux mille piastres, il faut que tu me les prêtes. Notre ordre te les rendra avec les intérêts, et moi, je resterai en ôtage chez toi jusqu'à ce qu'un navire de France te les apporte. Consens-tu ? Tu désirais tout à l'heure de m'avoir pour captif ; me voici. Je t'appartiens à partir d'aujourd'hui. Donne-moi quatre janissaires qui te répondront de moi ; dans trois jours je serai dans cette maison pour n'en plus sortir avant que mon emprunt ne soit payé. »

Ben-Hamet toucha dans la main de Lucien Hérault, qui s'éloigna accompagné des gardes et des quatre moines dont les pleurs de reconnaissance et d'admiration ne pouvaient se tarir. En quittant la maison du renégat, il alla chez le consul de France, où Ibrahim-Raïs l'attendait.

Le marché fut vite conclu pour le rachat du pauvre Jeannettino, qui fut cédé au prix d'une dizaine de piastres. Le lendemain, la polacre du patron Maillan était prête à mettre sous voile, emmenant Boniface et cent quatorze captifs délivrés, quand le chely-bey signifia à Hérault que soixante-quatorze chrétiens resteraient avec lui en ôtage jusqu'à ce que trois mille piastres fussent payées à Ben-Hamet. Toute résistance était inutile. Lucien embrassa les quarante heureux qu'il pouvait envoyer en France, et il exhorta les autres à la patience. Il se rendit ensuite chez Ben-Hamet qui lui épargna d'abord la douleur des fers et la fatigue des travaux manuels.

Le Saint-Jean de Matha, bon voilier, arriva en cinq jours à Marseille. La foule était sur la haute terrasse de Saint-Jean pour le voir mouiller dans la rade; car de loin, sa bannière à la croix bleue et rouge l'avait signalé à la population. Une foule de barques sortirent alors du port, pour aller auprès de lui, du moins, autant que la prudence pouvait le permettre; car il revenait d'une terre

toujours suspectée de peste, et il lui fallait faire
une quarantaine. Mille voix s'élevaient de ces embarcations pour s'informer du nom des rachetés;
mille cris de joie ou de douleur accueillaient ces
noms, selon que les demandes trouvaient une satisfaction ou un cruel désappointement.

Au milieu de ces épanchements si fortement
exprimés du bonheur et du chagrin, on entendit
une exclamation en langue étrangère, et l'on vit
la personne qui venait de la proférer, tomber
sur le sable et s'évanouir. Cette personne était
une femme, et cette femme c'était la génoise Aurietta Gambazzo. Elle avait vu son fils qu'on lui
avait amené sur le bord de la polacre, et qui ne
l'avait pas vue, lui; elle fut bien heureuse un
instant! mais elle avait demandé à voir, à remer-
cier le père Lucien, et on lui avait appris qu'il
était resté en ôtage, et cette terrible nouvelle l'a-
vait subitement frappée d'un coup affreux.

Elle reprit pourtant ses sens quelques instants
après, pour se consoler avec son fils et demander
à Dieu le prochain retour de leur bienfaiteur.

Après la quarantaine, Jeannettino fut donné à sa mère, qui s'empressa de le conduire au plus célèbre médecin de Marseille. Le jeune homme guérit de sa cécité, mais avec des circonstances tellement merveilleuses et inattendues, que tous les fidèles regardèrent cette guérison comme un miracle.

Quant aux autres captifs rachetés, à la tête desquels étaient le révérend père Anaclet de Lassay, le révérend père Théophile de Rennes, frère Hilarion de Roscof, le baron de la Tour de Courpon, de Sens; le sieur du Sauzay, la demoiselle Renée Joudart, sa femme, et leur servante Jeanne Fouché, de Nantes, ainsi que ses maîtres; à leur descente de la polacre, ils furent reçus processionnellement par les pères Mathurins de Marseille et par toutes les paroisses et les couvents de la ville, qui s'étaient joints aux trinitaires. Ce fut une grande fête dans la ville, comme cela se pratiquait ordinairement à chaque fois que les généreux disciples de Saint-Jean de Matha étaient de retour de leur mission de charité et ramenaient au port de France les captifs qu'ils avaient rachetés.

Boniface du Bois, avec quelques frères marseillais qu'il s'était adjoints, conduisit les rachetés jusqu'à Paris, en traversant toutes les provinces de l'est de la France. Ces pieux pèlerins reçurent partout sur leur passage un accueil empressé, et furent l'occasion de processions solennelles. Ce fut surtout à leur arrivée à Paris que la cérémonie publique fut belle et imposante. Ils entrèrent par la porte Saint-Antoine, où tous les religieux du couvent des Mathurins les attendaient avec des cierges allumés. Alors la marche commença pompeuse et magnifique.

En tête de la procession, on voyait d'abord deux archers de la ville, ayant des hoquetons et des hallebardes; puis deux bedeaux avec leurs masses, puis quatre-vingts confrères de Notre-Dame de Bonne-Délivrance, marchant pieds nuds, deux à deux et vêtus de longues aubes. Chacun d'eux avait une couronne de laurier sur la tête, et tenait à la main un énorme cierge aux emblèmes de la rédemption.

Venaient ensuite les confrères, les mathurins,

suivis d'un nombre considérable d'archers de la ville en grande livrée. Quarante jeunes enfants, ayant des pourpoints de fine toile blanche, une branche de laurier à la main et une guirlande de fleurs en forme de couronne sur la tête, suivaient les trinitaires. Un de ces enfants portait un guidon de taffetas blanc, où étaient peints deux anges à genoux, tenant une croix rouge et bleue, avec ces mots : *Redemptionem misit Dominus populo suo.*

A la suite de la procession, était groupé un excellent et nombreux corps de musique, dans lequel figuraient, avec les chantres de Notre-Dame, les meilleurs musiciens de la sainte Chapelle. Ce corps harmonieux était suivi par un chœur de religieux mathurins. Après eux, venaient des trompettes ayant attachés à leurs longs instruments, des banderolles de camelot blanc, avec une grande croix rouge et bleue, brodée de frangettes rouges, blanches et bleues, et les cordons de même, selon l'ordinaire des guidons et des bannières de l'ordre.

Enfin, marchaient les rachetés, portant un scapulaire de l'ordre de la Trinité, et une chaîne sur l'épaule. Des frères convers les accompagnaient, et au milieu figuraient des bannières aux armes de France et du Pape. Des archers fermaient la marche qu'une foule de peuple grossissait dans tout le parcours de la rue Saint-Antoine.

Dans cette rue, la reine rencontra la procession : elle fit arrêter sa voiture pour la voir passer et recevoir les actions de grâces des pères capucins qui se jetèrent à genoux pour la saluer. Anne d'Autriche allait faire ses dévotions chez les religieuses de Sainte-Marie; elle rejoignit les captifs au Louvre, où ils furent présentés au roi, qui les complimenta et leur fit quelques cadeaux. Un *Te Deum*, un docte et éloquent sermon prononcé par l'abbé de Cérisy, auquel assistaient monseigneur le chancelier Séguier, garde-des-sceaux de France, et tout ce qu'il y avait de pieux et de distingué à la cour et à la ville; une seconde procession et un second sermon complétèrent cette fête, après laquelle chaque captif fut renvoyé à sa famille avec une petite somme d'argent.

Et le père Lucien Hérault, que devint-il?....

Il mourut à Alger le 28 janvier 1646. Les trois mille piastres n'arrivaient pas assez vite au gré de l'impatiente avarice de Ben-Hamet; cet infâme renégat fit emprisonner le religieux que d'abord il avait traité avec assez de douceur. Puis, chaque jour, il le fit fustiger, sans qu'on pût arracher une seule plainte à l'admirable résignation du bon père. A la fin le vertueux trinitaire succomba; et ce qu'on remarqua alors de plus singulier et de plus extraordinaire, c'est que le divan permit que les prêtres qui étaient alors esclaves à Alger, portassent son corps jusqu'à la chapelle du bagne, où un service solennel fut célébré plutôt pour honorer sa mémoire que pour implorer la miséricorde du Seigneur en faveur du pieux imitateur du divin Rédempteur des hommes.

Il fut transporté ensuite, et enterré hors la ville, au cimetière des chrétiens, vers la porte Bel-al-Oüet. Son nom restera toujours en vénération chez les captifs chrétiens, qui, plus d'une fois, l'ont invoqué comme un saint. Après la conquête d'Alger, en 1830, quelques captifs de l'intérieur des

terres, revenant en Europe, racontaient des traits
édifiants de la vie (qu'ils savaient par tradition)
du bienheureux Lucien Hérault, rédempteur des
chrétiens esclaves, mort esclave lui-même pour
racheter ses frères.

VI

Autre rachat de captifs en 1720.

Les brigandages des forbans barbaresques et l'affreuse traite des chrétiens continuèrent dans le siècle suivant, et les puissances d'Europe finirent par traiter avec le Dey d'Alger comme avec un souverain, quoique celui-ci maintînt toujours son droit de prise par ses corsaires. Les négociations qui eurent lieu, et les arrangements qui en furent la suite, amenèrent des modifications dans la vente, le partage et la situation des esclaves; et nous allons les faire connaître, en consignant ici le récit d'un voyage à Alger et à Tunis, fait en 1720, par les pères Comelin, de la Motte et Joseph Bernard, tous trois de l'ordre de la Sainte-Trinité.

Nous laisserons parler le religieux qui a tenu lui-même le registre du voyage et qui raconte avec naïveté les faits dont il a été le témoin oculaire. Ce récit, qui prendrait dignement sa place dans les *Lettres édifiantes et curieuses* des missionnaires, réunit à l'historique des incidents les plus intéressants, des détails de mœurs et des descriptions des lieux, qu'on recueille avec d'autant plus de plaisir que ce pays d'Alger est maintenant devenu terre française.

Les trois religieux partirent, le 30 septembre 1720, de Marseille, sur le navire qui portait M. Dusault, nommé envoyé extraordinaire et plénipotentiaire du roi de France afin de terminer les différents et renouveler les traités de paix avec les puissances barbaresques. Après une navigation heureuse, le navire fut assailli, en vue des côtes d'Alger, d'une violente tempête.

« Les vents et les flots, dit le bon religieux, agitaient le vaisseau d'une force terrible : la mer ne nous présentait que des montagnes et des abîmes. Nous étions éblouis des éclairs, et effrayés du tonnerre, et la grande agitation des voiles et des cordages me persuadait, dans l'accablement et l'assoupissement où j'étais encore par le reste de ma maladie, que j'étais comme au milieu d'une grande forêt dont les arbres battus par la violence des vents sont prêts à se rompre ou à se déraciner. On tint toujours le large tant que dura la tempête. Pendant que les matelots et les cadets faisaient la manœuvre, nous récitions des prières avec la ferveur qu'inspirent de semblables périls; elles étaient accompagnées d'un jeûne rigoureux, quoique forcé; M. Dusault entre autres, nonobstant son grand âge, ayant été près de quatre jours sans manger.

» Le 1er novembre, fête de tous les Saints, on s'avança vers le cap Matifou, où l'on arriva vers le midi. Environ à une lieue au large de ce cap, nous vîmes la mer toute jaune, comme nos rivières dans les gros orages, ce qui nous faisait appréhender la proximité de la terre et nous indiquait l'abondance des pluies qui étaient tombées. On se servit de la sonde à babord et à tribord, et on fit plusieurs bordées pour éviter un écueil qui est près de ce cap.

» Vers le coucher du soleil nous arrivâmes à la petite rade d'Alger ; on arbora la flamme et le pavillon blanc, et on ne fit aucun salut aux forteresses. Sur les sept à huit heures du soir, on tira le coup de canon de retraite accoutumé, dont le bruit, réveillant le capitaine du port, l'obligea de venir en chaloupe nous reconnaître. Satisfait des réponses qu'on fit à ses demandes, il promit d'en donner avis au Dey dès le lendemain matin.

» Le Dey ne fut pas plutôt prévenu de l'arrivée de M. Dusault, qu'il donna ordre aux forteresses de faire le salut, et envoya en même temps le présent de rafraîchissement, qui consiste en un bœuf, neuf moutons, deux sacs de pain, et quantité d'herbages, ce qui se réitera pendant trois jours. Le salut fut de vingt-deux coups de canon, auxquels le vaisseau du roi répondit par vingt-un.

» Le soleil commençait à peine à nous découvrir la ville et le port, que nous en vîmes sortir une quantité de chaloupes qui paraissaient impatientes de nous aborder : c'était M. Baume consul de France, accompagné de M. le vicaire apostolique et de ses missionnaires, et plusieurs marchands de la nation qui venaient au-devant de M. l'envoyé pour lui rendre leurs devoirs, le féliciter sur son heureuse arrivée et l'accompagner à l'audience.

» Le canot de M. l'envoyé, passant devant l'amiral d'Alger, en fut salué au son des trompettes, par deux coups de canon, qui est le salut royal.

» M. Dusault, arrivé chez le Dey, après un discours fort éloquent, lui présenta de la part du roi, un diamant, avec un sabre garni d'émeraudes, et lui demanda qu'aucun esclave ne fut enchaîné[1], ayant donné des ordres précis à ce qu'aucun ne se sauvât sur son bord. Nous présentant ensuite au Dey, il lui annonça le sujet de notre venue. Il fut de là, avec toute sa suite, dîner chez M. le consul, où il demeura lui troisième, jusqu'à ce que la maison qu'il avait demandée au Dey fût en état ; et nous retournâmes à bord, où nous restâmes trois jours, pendant lesquels M. Dusault continua à faire

[1] C'est ainsi la coutume quand il arrive un vaisseau du roi.

des présents au Dey aussi bien qu'aux officiers ; en sorte qu'ils paraissaient tous fort contents, ce qui nous donnait lieu d'espérer une bonne composition pour nos esclaves.

» Les trois jours passés, on nous vint prendre pour nous loger dans la maison de M. Dusault. Elle est une des plus belles de tout Alger ; avant le dernier tremblement de terre elle était à trois étages ; elle n'en a plus à présent que deux. Son plan est carré, ce qui fait qu'elle est à quatre faces ; et chaque face montre une galerie de quatre arcades, dont le cintre est en forme de croissant, et qui sont soutenues par des piliers de marbre. La galerie qui regarde l'Orient est double, enrichie de beaux plafonds bien peints et dorés ; le dedans des appartements, au lieu de lambris, est incrusté de pavés de Gênes jusqu'à hauteur d'appui, et le reste est ciselé en filigrane, excepté les pilastres du même pavé qui sont de différentes couleurs. On entre de la rue dans un vestibule d'où l'on monte environ vingt marches à la première galerie, qui est de niveau avec la cour. Sous la cour et sous les galeries

toutes pavées en marbre blanc, se trouvent des
caves voûtées fort fraîches et fort belles. Chaque
galerie répond à chaque salle en bas, et en
haut à chaque chambre. Les portes et les fenêtres sont toutes de marbre ciselé ; les fenêtres
sont carrées, fermées en dehors par des grilles
d'airain. Le tremblement de terre arrivé le 3 février 1716 a fort endommagé tous ces bâtiments, mais on les a si bien réparés qu'il n'y
paraît plus.

» Dès que nous fûmes logés, nous commençâmes
à négocier pour le rachat des captifs, et comme
j'étais encore très-faible, le père Comelin eut lui
seul tout le fardeau des premières négociations, et
il y mit tant de zèle, que le 25 novembre nous
avions déjà trente-un captifs rachetés. Ce fut la
veille de ce jour que M. Dusault reçut une lettre qui
nous consterna tous. Melle de Bourk dont la mère
était fille de M. le marquis de Varenne, lieutenant-
général des armées du roi, gouverneur de Bouchain,
ci-devant commandant de Metz, alliée aux premières
familles de Paris, annonçait en termes pathétiques

et déchirants les malheurs qui avaient affligé elle et sa famille [1]. »

Après avoir raconté en détail l'histoire de la famille du Bourk et fait voir les affreux tourments auxquels sont exposés les Chrétiens qui tombent entre les mains des Maures habitant les campagnes, le missionnaire reprend son récit :

« Les esclaves d'Alger, dit-il, ne sont pas aussi malheureux ; la politique, l'intérêt et l'humeur un peu plus sociable des Algériens rendent leur sort moins rigoureux que ceux qui sont esclaves dans les campagnes ; mais ils sont toujours esclaves, toujours haïs à cause de la religion, toujours accablés de travaux et toujours en péril de renier la Foi, ou par leurs désordres s'ils ont un peu de liberté, ce qui n'est que trop fréquent, ou par désespoir s'ils se trouvent trop maltraités.

» Les captifs dans Alger sont de deux sortes : les uns sont au Belic ou république, les autres sont en

[1] Nous avons donné l'histoire de la prise, de la captivité et de la délivrance de la famille du comte de Bourk, dans le volume intitulé *Exemples de confiance en Dieu* (Bibliothèque de Lille 1847).

la puissance des particuliers. Sitôt qu'un corsaire a fait quelque prise, par une question de coups de bâton, triste prélude de leur captivité, il force les chrétiens d'accuser leurs qualités et leurs moyens ou ceux de leurs compagnons d'infortune. Muni de ces renseignements, dès le lendemain de son arrivée, le corsaire mène les esclaves au palais, où les consuls se trouvent réunis. On y examine rigoureusement si les captifs sont passagers ou à salaire. S'ils sont passagers, les consuls les réclament, et pour l'ordinaire ils sont rendus; après quoi le partage se fait. Le dey, les ayant tous fait ranger, en prend un sur huit à son choix; il abandonne les autres aux armateurs et à la taiffe, qui les partagent moitié par moitié et les mènent au *Baptistan* (marché), où se fait la première vente. Là se trouvent des revendeurs qui les promènent par les rues en publiant la qualité, la profession ou métier de chacun, et le dernier prix qu'on en a offert, et cette appréciation ne se monte jamais fort haut, parceque la dernière vente se conclut toujours en la maison et en la présence du dey. Là se rendent tous ceux qui ont envie

de faire des achats. Les captifs y sont remis de nouveau à l'enchère les uns après les autres, et livrés au
plus offrant et dernier enchérisseur, qui les em-
mène et en dispose à sa volonté.

» Les esclaves du Belic, ou appartenant à la
république, portent tous l'anneau au pied, et
sont distribués en trois bagnes ou prisons, dans lesquelles on les enferme tous les soirs après les avoir
appelés chacun par leur nom et les avoir exactement comptés. Le jour, ils sont employés aux différents besoins et services de la république ; ils portent
les bagages au camp et y essuient les plus grands travaux, ou bien ils sont occupés aux plus vils emplois
de la maison du dey ou aux ouvrages publics, consis-
tant principalement à démolir des murailles, à couper
des rochers, à traîner des charrettes chargées de ma-
tériaux pour bâtir. J'en ai vu qui, en faisant ces travaux, étaient encore chargés de grosses chaînes. Le
Dey en envoie quelquefois en mer, et en ce cas il
leur laisse la troisième partie de leur part du butin et
prend le reste pour lui. Enfin d'autres esclaves du
Belic s'emploient aux tavernes, quand ils ont assez

d'argent pour en acheter quelqu'une , ou qu'ils peuvent emprunter des fonds aux juifs qui ne leur prêtent
qu'à trois ou quatre pour cent par chaque lune , ce
qui va quasi à cinquante pour cent par an , sans
parler des gros droits qu'ils paient au dey tous les
ans , à proportion du vin qu'ils vendent. Dans cette
profession, il s'en est trouvé qui ont amassé, en trois
ou quatre années de bon ménage , tout l'argent nécessaire pour payer tous ces frais, pour rembourser
leurs emprunts, qui se montent quelquefois jusqu'à
sept et huit cents piastres , et solder par-dessus leur
rachat, qui s'élève encore plus haut. Mais cette éco-
nomie est bien rare , et la liberté qu'on donne à
cette classe de captifs d'aller et de venir librement
hors et dans la ville pendant le jour , avec la table
toujours mise chez eux , leur inspire bientôt une
habitude de libertinage qui nous les fait regarder
comme les plus à plaindre ; la corruption des mœurs
étant souvent suivie du naufrage dans la Foi. Les
tavernes ne sont autre chose que des caves et des
magasins, qui n'ont de jour que par la porte; il y
en a de plus ou moins grandes, mais toutes très-mal-

propres ; les taverniers y mettent leur vin, leurs lits et deux ou trois tables. Là les Turcs, les Maures, aussi bien que les chrétiens, vont boire ensemble malgré la défense de leur loi, et le tavernier, quoique esclave, soutenu par le gardien et le dey même, à qui il paie de gros deniers, a le pouvoir de dépouiller jusqu'aux Turcs, lorsqu'ils refusent de payer.

» On donne aux esclaves du Belic chacun trois petits pains par jour. On laisse ou à leur industrie, s'ils savent quelque métier, ou aux charités des chrétiens libres, à suppléer pour le reste. Ils travaillent tous à la grande chaleur du jour, commençant la journée de grand matin, et continuant leur labeur sans interruption jusqu'à deux ou trois heures avant le soleil couché, et ainsi ils ont à supporter toute l'ardeur de ce climat brûlant. Leur travail ne cesse que le vendredi, auquel jour ils sont libres de se reposer ou de se livrer à quelque occupation pour leur propre compte.

» Les captifs des particuliers sont plus ou moins malheureux, selon l'humeur des patrons qui les achètent et qui les emploient à leurs services per-

sonnels dans leurs maisons, dans leurs métairies
ou dans leurs boutiques. Souvent aussi le bon ou le
mauvais naturel de l'esclave lui attire un traitement
plus doux ou plus rude. Il s'en est trouvé quelques-
uns aussi heureux que leurs patrons, à la liberté
près, couchant dans la même chambre et mangeant
à la même table. Les autres sont généralement mal
nourris, chargés de continuelles injures, frappés
impitoyablement, exposés à toutes sortes de cruautés, surtout ceux qu'on soupçonne pouvoir de leur
propre bien donner une grosse rançon. Ces derniers
sont recherchés par les Tagarins, maures venus
d'Espagne, qui les achètent uniquement pour en
trafiquer. Ces durs et intéressés patrons les font
travailler au-dessus de leurs forces, rançonnent tout
ce qu'on leur peut faire de charités, et les har-
cellent continuellement pour les contraindre à se
racheter eux-mêmes à grand prix. Ce qu'il y a
de plus fâcheux, c'est que ce sont ordinairement
les plus honnêtes gens qu'on voit réduits en ce
pitoyable état.

» Les esclaves prêtres ou religieux sont moins

maltraités que les autres, par la charité du père administrateur de l'hôpital, religieux de notre ordre, qui se charge pour la plupart de payer à leurs patrons ce qu'ils pourraient espérer de leur travail : les marchands français leur procurent encore quelque petit adoucissement; mais aussi ils sont les premiers exposés aux fureurs d'une barbare populace, toujours émue au premier bruit qui court du peu d'égards qu'on a pour les Maures chez les Chrétiens. En voici un exemple.

» Le 25 mai 1706, une barque française partie de Marseille, avait pris quelques Turcs de passage, venus depuis peu de Gênes : ces Turcs remirent au Dey des lettres de quelques-uns de leur nation, qui étaient détenus dans les galères de Gênes, où ils se plaignaient de la rigueur des Génois, assurant qu'on poussait la cruauté jusqu'à leur refuser de l'eau dans l'ardeur de la fièvre, et entassant d'autres mensonges pour exciter la fureur contre les captifs chrétiens.

A cette lecture, le Dey jeta un grand cri, et versa des larmes. Il fit lire ces lettres en plein

divan ; et pour donner des preuves de son zèle .
malgré les meilleures têtes de son conseil, qui désap-
prouvaient sa trop grande crédulité et sa violence ,
il envoya prendre trois religieux de Saint-François ,
prêtres, corses de nation et esclaves du Belic, et
leur ayant reproché l'inhumanité de leur république,
il les condamna à être brulés vifs. Ces infortunés
furent livrés au *mezoart*, qui les mena hors de la
ville, au lieu du supplice, les mains liées derrière le
dos. Le crieur public marchait devant, disant à voix
haute : « Ainsi traite-t-on ceux qui contraignent les
musulmans à se faire chrétiens ! » Le peuple, animé
par. ces cris, leur insultait pendant tout le trajet,
et les chargeait d'injures et de malédictions. Les
Pères, arrivant au bucher, se mirent à genoux et se
donnèrent mutuellement l'absolution. Bientôt on
mit le feu, et les Maures s'empressaient à souffler
la flamme : quelques chrétiens esclaves, de leur
côté, tâchaient de retarder l'embrasement. Le feu
s'allumait pourtant ; nos victimes en ressentaient
vivement l'ardeur : la sandale de l'un était déjà
brûlée, lorsqu'on entendit la voix d'un *chaoux*

9

qui fendait la presse, en criant *grâce ! grâce !* On
retira les trois religieux du feu ; mais le peuple,
toujours irrité, leur fit essuyer sa rage, les char-
geant, au retour, de coups de poing, de babouches
ferrées et de pierres, dont ces pères ne se pouvaient garantir, ayant les mains liées derrière le
dos. Le plus âgé des trois, qui avait cinquante-huit
ans, étant tombé sur la face, pensa étouffer dans
la boue. La fureur du peuple était si grande que
les officiers de justice ne pouvaient les sauver sans
s'exposer eux-mêmes. Toute la pensée de ces religieux, en butte à de si mauvais traitements, était
de s'offrir en holocauste à la divine Majesté, comme
ils le témoignèrent à M. le vicaire apostolique qui
en a fait la relation, et l'un de ces généreux confesseurs de la foi lui dit qu'il s'imaginait, au milieu
de cette cruelle épreuve, essuyer une grosse grêle,
et qu'à chaque coup, il disait à Dieu : « Seigneur,
donnez-m'en encore davantage. »

« Ce supplice du feu est celui dont les musulmans usent à présent le plus fréquemment,
quoique tous les autres tourments soient encore

en usage plus que jamais, excepté l'empale-
ment. »

On conçoit que des traitements aussi indignes
rendent l'esclavage des chrétiens intolérable et leur
fassent recourir à tous les moyens de délivrance
qu'ils peuvent imaginer. Aussi, malgré l'excessive
surveillance exercée à leur égard, il arriva plusieurs
fois que des prisonniers échappèrent par la fuite à
l'horrible situation qui leur était faite. Entre plusieurs faits de ce genre, le religieux trinitaire raconte
les aventures arrivées à quatre chevaliers de Malte
qui tentèrent ainsi de recouvrer la liberté. « Ces
quatre gentilshommes étaient le chevalier de Caste-
lane, le chevalier d'Espenes, le chevalier Baulme,
tous trois français, et le chevalier Balbiani de
Luques. Ils avaient été pris par trahison à Oran, et
arrivèrent à Alger le 24 septembre 1707. Ils furent
d'abord mis aux bagnes du Belic, et confondus avec
deux cents trente-quatre chrétiens qu'on avait
amenés d'Oran avec eux. Ce lieu étant devenu
un séjour insupportable, à cause de la multitude
d'esclaves qui y étaient entassés au nombre de plus

de deux mille, on les transféra dans l'alcassave, vieux château des deys d'Alger. Ils y furent assez bien pendant près de deux ans : mais en 1709, un accident imprévu vient aggraver leur captivité.

» Le dey reçut la nouvelle que les chevaliers de Malte, sous le commandement du chevalier de Mongon, avaient pris la Capitane d'Alger montée de six cent cinquante Turcs et de quarante-six Chrétiens esclaves; que deux cents turcs avaient été tués, et tout le reste de l'équipage fait esclave. A cette nouvelle, le dey fit jeter les quatre chevaliers dans les basses-fosses de l'Alcassave et les fit charger de chaînes pesant cent quinze et cent vingt livres. Là ces malheureux succombaient sous le poids de leurs fers, souffraient surtout de l'affreuse situation de ces lieux humides, remplis d'insectes et de gros rats, et ne recevaient pas d'autre nourriture que du pain et de l'eau. En vain ils cherchaient quelque soulagement : lorsqu'ils entendaient passer quelqu'un, ils faisaient remuer leurs chaînes, afin par ce bruit d'avertir les passants du malheureux état où ils se trouvaient : mais c'était en vain. Ils demeurèrent dans ces horribles cachots jusqu'à ce que le consul français fut informé par le chevalier d'Espesnes de ce qu'ils souffraient et de l'extrémité où ils étaient réduits. Aussitôt le consul fut trouver le dey, et lui représenta que s'il continuait à traiter ainsi les chevaliers, on ferait subir le même traitement aux officiers turcs qui étaient à Malte.

» Le dey, à cet avertissement, fit tirer les quatre prisonniers de la basse-fosse, et les fit renfermer dans des lieux moins incommodes de l'alcassave, leur laissant des chaînes de soixante à soixante dix livres, qu'ils portèrent tout le temps de leur cap-tivité, excepté aux fêtes de Noël et de Pâques, le consul ayant obtenu que les chevaliers viendraient, délivrés de leurs fers, passer chez lui ces fêtes solen-nelles.

» Ne conservant plus l'espérance d'être rachetés ou échangés, les illustres captifs voulurent tout tenter pour mettre, par l'évasion, un terme à leurs souffrances. L'occasion leur en fut présentée par un avis secret qu'ils reçurent de la part de Michel

Santonia, receveur de Malte, à Mayorque. Cet avis
portait qu'ils eussent à se rendre près de la mer à
tel jour, à telle heure, du côté de la porte nommée
Babazon; que là un brigantin de Mayorque lui avait
promis de les prendre secrètement, et de les lui
amener moyennant cinq cents piastres pour chaque
chevalier, et encore une centaine pour les provisions. Les prisonniers employèrent le temps qu'ils
avaient jusqu'au jour marqué, à limer peu à peu
leurs chaînes, et à percer la muraille de l'alcassave, vis-à-vis un gros arbre qui couvrait assez
leur manœuvre pour qu'on ne s'en aperçût pas.
Au jour dit, ravis de leur succès, ils sortirent, et
vinrent sur le bord de la mer au lieu et à l'heure
désignés; ils y passèrent presque toute la nuit
entre la crainte et l'espérance; mais personne ne
se présenta pour achever ce qu'ils avaient si heureusement commencé. Alors, ne sachant quel parti
prendre, et voyant le jour près de paraître, ils
prirent la résolution de se présenter au logis d'un
marabout, lieu de refuge chez les barbares; ils lui
apprirent leur qualité, lui exposèrent le misérable

état qui les avait forcés à prendre la fuite, et le prièrent d'obtenir du dey la grâce qu'ils attendaient de son crédit et de sa protection.

» Le marabout partit sur le champ, et ayant été joint par le bostangi, qui depuis a été dey d'Alger, les mena au dey, et tous deux plaidèrent si bien la cause des chevaliers, qu'on ne leur fit pas un crime de leur évasion, rien n'étant plus naturel que de tenter toutes choses pour recouvrer sa liberté. On se contenta de les séparer, de les charger de nouvelles chaînes et de les enfermer plus étroitement.

» Ces chevaliers, pendant plus de dix années, éprouvèrent les rigueurs de cet affreux esclavage, et enfin, ils parvinrent à réunir les sommes immenses que l'avidité des pirates exigeait et pour le paiement desquelles notre Ordre et surtout notre maison de Marseille contribuèrent grandement.

» Les rigueurs de la captivité, jointes aux ardeurs du climat, ne pouvaient manquer de faire tomber les pauvres esclaves dans de graves maladies; et aussitôt que les impitoyables musulmans voyaient leurs esclaves affaiblis par la souffrance, ils les abandonnaient sans aucun soulagement, comme des bêtes dont on n'attend plus de service. Aussi les religieux trinitaires, témoins d'aussi extrêmes misères, firent tous leurs efforts pour procurer aux captifs malades et moribonds les secours spirituels et corporels dont ils avaient tant besoin. Ils fondèrent d'abord quelques petites chapelles, dont la première fut érigée, sous le nom de la Très-Sainte Trinité, dans le bagne du Belić. Les esclaves malades y recevaient les sacrements, y trouvaient quelque repos, et étaient soignés autant que les circonstances le permettaient. Dans la suite, on parvint à établir un hôpital où furent reçus et soignés les malades chrétiens à quelque nation qu'ils appartinssent. Il s'y trouve actuellement (1720) trois religieux prêtres, dont l'un est administrateur, avec un apothicaire, un chirurgien et quelques domestiques.

» Cet hôpital est dû particulièrement au zèle des pères Bernard de Monroy, Jean d'Aquila et Jean de Palacio, qui rachetèrent un grand

nombre d'esclaves et qui s'étaient dévoués au
soulagement spirituel et corporel des captifs avec
un zèle qui ne connaissait aucune borne. Un fait
inattendu les exposa tout à coup aux persécutions
des Musulmans. Une femme des plus notables d'Alger, fille de Mahomet Aga, ayant été prise sur
mer, fut conduite en l'île de Corse, où elle fut
instruite des vérités de la religion chrétienne, et
où touchée de la hauteur de nos mystères et de
la pureté de notre morale, elle demanda instamment le baptême, qu'elle reçut avec les noms de
Marie-Eugénie, au lieu de celui de Fatime qu'elle
portait auparavant. Ayant refusé l'argent que les
Turcs lui envoyaient pour se racheter, elle se maria
à un chrétien de l'île. Ceux qui étaient allés pour
la solliciter à revenir à Alger, outrés d'avoir
manqué leur coup, publièrent à leur retour qu'on
l'avait forcée de se faire chrétienne. A cette nouvelle, les barbares furent si irrités qu'ils s'empa-
rèrent des trois religieux, les mirent aux fers dans
d'affreux cachots, les menaçant de les brûler tout
vifs. Ils confisquèrent aussi tout l'argent qui avait

été payé pour cent trente esclaves déjà délivrés, et
qu'ils renfermèrent de nouveau dans les bagnes.
Les charitables trinitaires souffrirent ces violences
avec une patience qui toucha le dey et son conseil,
en sorte que, quelque temps après, on les tira de
prison et on leur permit d'aller par la ville exercer
leur charité envers les captifs : mais on ne voulut
jamais les laisser retourner en Espagne. Consacrés
alors tout entier au soulagement des esclaves, ils
répandirent surtout leurs bienfaits parmi les malades de l'hôpital ; ils leur administraient les sacrements, offraient pour eux le saint Sacrifice, et leur
obtenaient la liberté d'y assister ; ils exhortaient et
fortifiaient les agonisants, et ensevelissaient les
morts. Deux d'entr'eux terminèrent saintement
leur vie au milieu de ces pieux exercices. Après
leur mort, le troisième, Bernard de Monroy, fut
récompensé de tout ce que son zèle lui avait fait
entreprendre, par une longue prison. Supportant
avec une patience inaltérable la pesanteur des chaînes, les incommodités du cachot, les rigueurs de
la faim, et toute espèce de mauvais traitements,

il chantait nuit et jour les psaumes, et conserva
constamment, au milieu de ses souffrances, la sérénité et la joie de son âme. Ce vénérable serviteur de
Dieu succomba enfin et mourut chargé de mérites à
l'âge de soixante ans. Les captifs avaient tant de vénération pour lui, que malgré leur pauvreté, ils
rachetèrent son corps, et on assure qu'il se fit
plusieurs miracles sur son tombeau.

» L'hôpital reçut aussi de notables agrandisse-
ments par les soins du frère Pierre de la Conception,
qui fit des voyages jusqu'au Pérou, afin de réunir
des sommes plus considérables pour le rachat des
malheureux captifs. Cet infatigable religieux passa
plusieurs années au service des esclaves malades et
moribonds; et enfin, poussé d'un zèle ardent que sa
sainte mort justifie, il entra un jour dans une
mosquée le Crucifix à la main, et y prêcha la
vérité de notre religion avec tant de force, qu'il
fut condamné à être brûlé à petit feu. La cruelle
sentence fut exécutée malgré les efforts de ses
amis et de quelques Turcs des plus considérables,
qui, par une humanité mal placée, le sollicitaient

de dire, pour obtenir sa grâce, qu'il était ivre, lorsqu'il avait suivi les mouvements de son zèle. Le généreux martyr souffrit pendant six heures avec une
patience invincible la violence du feu, dont on aug-
mentait l'ardeur par degrés. Il chantait pendant ce
temps les louanges de Dieu, et il prêcha Jésus-Christ
crucifié jusqu'au dernier moment de sa vie. Ce
que les flammes épargnèrent de ses ossements fut
jeté à la mer, d'où les esclaves ne purent repê-
cher que l'os d'une jambe, qu'on garde encore
dans l'hôpital.

» Les fondations dues au zèle de ces grands serviteurs de Dieu ne peuvent empêcher que l'hôpital
d'Alger soit toujours insuffisant, vu le grand nombre
de malades de toutes nations, tant libres qu'esclaves,
qu'on y reçoit, et qu'on y soigne avec une attention
qui touche jusqu'aux Turcs mêmes. Les religieux
qui le desservent y vivent de la manière la plus
régulière et y pratiquent les mêmes mortifications
que dans leurs monastères. Ils prodiguent aux
malades qui y sont admis tous les soulagements
imaginables, et leur dispensent avec une infati-

gable charité tous les secours corporels et toutes les consolations spirituelles qui leur sont nécessaires.

» Malgré ces sublimes efforts de la charité, un grand nombre de ces malheureux esclaves succombaient sur cette terre inhospitalière; et pour comble de misère, aucun ne recevait les honneurs de la sépulture, et leurs corps étaient jetés dans une espèce de voirie. Cet état de choses dura fort longtemps et ne cessa que par le dévouement héroïque d'un père capucin. Ce père, qui était le confesseur de Dom Juan d'Autriche, fut pris par les pirates et chargé de fers à Alger. Dom Juan lui envoya une somme considérable pour se racheter; mais, ayant vu pendant sa captivité dans quel horrible abandon on laissait les cadavres des esclaves chrétiens, ce saint religieux préféra mettre un terme à une aussi cruelle profanation, au prix de sa propre liberté, et il employa une partie de son argent à acheter une terre qui servit à établir un cimetière chrétien. De ce qui lui restait, il racheta quelques esclaves, ne pouvant se déterminer à employer pour lui-même ce qu'il pouvait faire servir d'une manière si avantageuse au salut de ces frères. Ce digne religieux mourut dans les fers, laissant à la postérité ce grand exemple de vertu et de charité.

» Les souverains pontifes, qui encourageaient tous les efforts tentés en faveur des infortunés captifs, parvinrent de leur côté à établir à Alger des vicaires apostoliques. Ils les choisirent toujours dans la congrégation de Saint-Lazare, fondée par le zèle du père Vincent-Paul [1], qui avait éprouvé en Afrique toutes les rigueurs de la captivité, et vu avec un extrême regret les périls auxquels tant de malheureux esclaves étaient exposés. Les pères lazaristes envoyés en cette qualité dans les états barbaresques ont toujours déployé dans leurs saintes fonctions un zèle et une charité à toute épreuve.

» Environnés qu'ils sont de périls sur mer, sur terre, de la part des infidèles, des juifs, des hérétiques et des faux frères, ils se soutiennent avec une constance merveilleuse. Sous l'inspiration d'un

[1] A l'époque (1720) où le religieux trinitaire écrit ces lignes, M. Vincent, ou le P. Vincent-Paul, n'avait pas encore été canonisé. Ce grand saint le fut en 1737.

zèle conduit et dirigé par l'Esprit-Saint, ils opèrent
beaucoup de conversions, surtout parmi les hérétiques ; ils arrêtent par leurs larmes et leurs exhortations pressantes ceux qu'ils voient prêts à
renoncer à la foi, et ils inspirent des remords aux
malheureux renégats.

» Aussi Dieu les protège d'une manière sensible,
et bénit leurs travaux par des succès considérables et par la confiance que les chrétiens de toutes
nations leur témoignent.

» Deux ont déjà couronné leur course par une
mort glorieuse. Ils furent mis par les barbares à
la bouche du canon, et envoyés au ciel comme
victimes de la haine du nom chrétien. L'un fut
M. le Vachet, qui, en 1683, par l'ordre du dey,
périt par cet affreux supplice, lorsque M. du
Quesne vint pour la seconde fois bombarder la
ville. Le second fut M. Montmasson, qui eut le
même sort, en l'année 1688, quand M. le ma-
réchal d'Estrées la bombarda de nouveau.

» Celui qui exerce à présent cette charge de
vicaire apostolique est M. Duchesne, qui depuis

quinze ans travaille avec un zèle infatigable à s'en acquitter de manière à ne rien devoir à ses prédécesseurs. Il me serait facile de donner des preuves de ce zèle apostolique, si je ne me trouvais pressé de revenir à mon journal et de le finir.

» Le 12 décembre, le P. Comelin et moi vinmes à l'audience du dey. Celui-ci était dans son appartement, au plus haut de sa maison, du côté de la mer, assis sur son sopha, les jambes nues et croisées, les pieds hors de ses babouches, sur un grand tapis de Perse, aux extrémités duquel étaient deux gros coussins de damas rouge. Le reste de la chambre était couvert de tapis de Turquie; les murailles étaient toutes garnies d'un côté de sabres enrichis de pierres précieuses, de l'autre côté de pistolets fort riches et fort brillants ainsi que d'autres armes d'un grand prix.

» Le dey avait à sa droite ses quatre grands écrivains, enfermés dans une espèce de bureau et tenant leurs registres devant eux. Nous avions porté des sequins, qui furent exactement pesés, examinés et comptés par un juif et par le trésorier qui s'en saisit. Pendant cet examen on servit le café, qu'on nous présenta après le dey et les quatre écrivains; l'argent compté et les droits des portes payés, nous nous retirâmes pour ne plus penser qu'à notre départ.

» Nous avions racheté soixante-trois captifs, et les RR. PP. de la Mercy, qui travaillaient de leur côté pour ceux de leurs provinces, en avaient rachetés environ trente-cinq, qui tous ensemble furent conduits à la maison du dey. Ils y furent passés en revue; et chacun ayant reçu la carte-franche, nous les conduisîmes aussitôt à la Marine pour nous embarquer et faire notre route vers Tunis, afin d'y racheter les esclaves que nous devions y trouver en grand nombre, et de là passer à Tripoli pour le même sujet.

» La Providence en disposa autrement. M. Dusault, qui s'était engagé à porter sur son bord d'Alger à Tunis l'envoyé de la Porte, avec sa suite, composé d'environ trente Turcs, nous dit qu'il n'y restait plus de place pour nous et nos esclaves, mais qu'il avait pourvu à notre transport. Il avait acheté

10

une flûte, sur laquelle il mit pour patron François Souchon, qu'il avait pris à Marseille, et avec lequel il avait fait quelques voyages sur les côtes de Barbarie.

Le temps étant propre pour la navigation, nôtre flûte se mit en rade, sous le vent du vaisseau de M. Dusault; nous avions pris sur notre bord deux de nos religieux espagnols, qui allaient fonder un hôpital à Tunis; ils avaient tenté d'en faire de même à Oran; mais n'y ayant pas eu de succès, ils s'étaient contentés d'y faire seulement une mission pour y renouveler la ferveur des chrétiens, et les encourager à tenir ferme dans ce qu'ils avaient promis à Dieu, quoique sous la puissance des barbares, qui, dans la nouveauté de leur domination dans une ville qu'ils venaient de prendre, les traitaient avec plus de défiance et de rigueur.

» Le 4 janvier 1720, après la visite de notre barque, faite par le capitaine du port, le truchement de la nation nous donna ordre de mettre à la voile pour Tunis, de la part de M. Dusault, qui

suivant sa promesse devait faire voile en même
temps et nous suivre à vue. Mais M. Dusault ne
partit que le lendemain, sans nous donner de
rendez-vous, ni aucuns signaux, ce qui nous
laissa dans de grandes inquiétudes, parce que le
reste de nos fonds était demeuré sur son vaisseau, sur lequel il avait aussi pris Melle du Bourk
dont nous avons parlé et d'autres esclaves.

» Nous avançâmes vers Tunis toujours à la vue
des côtes, et dès le 5 au matin nous étions déjà à
la hauteur de Gigelly à cinquante lieues d'Alger. A
l'entrée de la nuit, il s'éleva une bourrasque ter-
tible qui nous mit dans un double péril : ou d'être
ensevelis dans les eaux par les lames qui couvraient
notre barque de la proue à la poupe et la faisaient
craquer et s'entrouvrir ; ou d'échouer sur les côtes,
vers lesquelles le vent nous portait avec violence.
Les mariniers, qui connaissaient mieux le péril que
nous, vinrent à notre chambre nous l'annoncer, et
nous dirent qu'il était temps plus que jamais de recourir à Dieu et d'ajouter aux prières quelque vœu
au nom de tout l'équipage ; ce qu'on ne manqua

pas d'exécuter. On mit à la cape jusqu'au matin
pour éviter la côte, et toute la journée, nous fûmes à
la dérive pour relâcher à Alger. Le 7 au matin,
quelques esclaves de notre bord, qui avaient fait
plusieurs courses avec les corsaires, reconnurent
les côtes d'Alger. Ce fut un bonheur; notre vieux
patron nous conduisait à plus de quarante mille au-
dessus.

» Nous gagnâmes le port à l'entrée de la nuit, et
heureusement; car la tempête recommença plus
que jamais, le lendemain. Tous nos amis, voyant le
péril, furent ravis de nous recevoir; mais on était
fort en peine de M. Dusault, qui devait avoir essuyé
le plus fort de la tourmente. Le dey seul parut fâché
de notre retour; il envoya nous dire de remettre à
la voile dès le lendemain, et qu'il ne voulait pas
que tant d'esclaves séjournassent dans son port;
mais M. le consul, appuyé fortement par l'amiral
d'Alger, lui ayant représenté que la barque n'était
plus en état de tenir la mer et qu'elle avait besoin
d'être radoubée, il retira son ordre. Nous fûmes
huit jours à remettre la barque en état; elle était

trop vieille et trop délabrée pour reprendre sûrement la mer. N'en ayant pu trouver de meilleure, nous fûmes néanmoins contraints de remettre à la voile le 15 au matin.

» On délibéra longtemps si on ferait route vers Tunis, ou si l'on profiterait du vent pour revenir à Marseille. L'incertitude où nous étions de trouver M. Dusault à Tunis, où il nous aurait été dangereux d'arriver avec tant de captifs sans nos papiers et notre argent, les murmures de nos esclaves, impatients de revoir leur pays et découragés de se voir reconduits vers des infidèles aussi barbares que les premiers et qui craignaient d'être remis aux fers par quelque avanie assez ordinaire dans le pays, les nouvelles dépenses qu'il nous fallait faire pour les conduire de port en port en si grand nombre, nous obligèrent de prendre la route de Marseille. Le 20 janvier 1720, sur le soir, le vent changea tout à coup, et nous repoussait si fort que le patron voulait nous remener une seconde fois à Alger; mais nous aimâmes mieux relâcher au port Mahon, où nous arrivâmes heureusement le 21 ; là nous pûmes noliser une tartane française qui nous permit de continuer notre route et qui nous ramena sains et saufs à Marseille.

» Nous étions en de grandes inquiétudes sur ce qu'était devenu M. Dusault aussi bien que le père Bernard, qui était toujours demeuré sur son bord avec le reste des fonds destinés pour le rachat des esclaves français, à Tunis et Tripoli ; mais nous fûmes rassurés par les nouvelles que nous donna successivement ce religieux, de leur départ d'Alger, de leur arrivée à Tunis et de leur favorable négociation.

» Les lettres portaient, que n'ayant pu mettre à la voile le même jour que nous partîmes d'Alger, M. Dusault fit lever l'ancre de grand matin, le lendemain 5 janvier, dans l'espérance de nous rejoindre incessamment.

» Le vent favorable jusqu'après midi devint si contraire sur le soir et si violent pendant la nuit, qu'il obligea le capitaine de se ranger sous les basses voiles et de passer la nuit sans avancer. Le

6, tout ce que put faire le capitaine fut de prendre
le large, pour éviter la côte de Barbarie, dont les
plus forts vaisseaux ont peine à se retirer lorsque le vent du nord y donne. Le 7, le 8 et le
9, on demeura à la cape, tantôt sous la grande
voile, tantôt sur la misaine. Le 10, le vent étant
devenu plus favorable, on fit route sur les îles
Mayorque et Minorque, et la découverte qu'on fit
le 12 de la première de ces îles, fit d'autant plus
de plaisir à tout l'équipage, que jusqu'alors on
avait toujours été dans la crainte d'échouer à chaque
moment sur la côte de Barbarie. Le 13, le capitaine,
après avoir reconnu le terrain de l'île, fit cingler
à bon vent sur celles de Saint-Pierre, qu'un brouil-
lard continuel et épais ne permettait pas de reconnaître. Le 14 au matin, on reconnut la Galitte, et
le soleil prenant le dessus ne tarda pas à faire
apercevoir la côte de Barbarie; ce qui fit passer le
reste du jour et la nuit entière presque sans
voile, et tenir le large. Le capitaine, se flattant
d'arriver le lendemain à la rade de Porte-farine,
fit mettre dès le matin toutes les voiles; mais le

calme qui le prit vers la Tache-blanche, le força
d'y mouiller et d'y jeter l'ancre.

» Le père Bernard s'était fait débarquer à Porte-
farine, et y était resté quelques jours pour la
consolation et le soulagement des esclaves qu'il y
trouva occupés à l'entretien des vaisseaux de la
république. Il ne rejoignit M. Dusault que le 20
février. Charmé de la beauté et de la magnificence
du palais où il le vit logé, et qui était autrefois
la demeure des beys de Tunis, il fut encore plus
satisfait de le retrouver sain et sauf, malgré les
dangers et les fatigues du voyage, et toujours
dans la disposition d'employer tout son crédit pour
nous seconder dans le rachat des esclaves.

» Jusqu'à ce que M. Dusault eût reçu de nos
nouvelles, il n'avait point voulu faire aucune dé-
marche à ce sujet, espérant encore que nous pour-
rions le rejoindre. La lettre que nous lui écrivîmes
de Port-Mahon, et qu'il reçut vers ce temps-là,
par laquelle il apprit les risques que nous avions
courus aussi bien que la résolution que nous avions
prise de repasser en France, le détermina à en-

gager le père Bernard à employer le reste de
nos fonds, qui étaient sur son bord, au rachat des
esclaves français, qui se trouvaient pour lors à
Tunis.

» La liste de tous les esclaves qui y étaient
portés fut bientôt dressée ; et nous nous rendîmes
sans retard à l'audience du bey pour lui en proposer le rachat. Le bey, s'étant imaginé que M.
Dusault était chargé de cette affaire de la part
du roi, lui en demanda d'abord un prix exor-
bitant. M. l'envoyé lui fit entendre que cette négociation particulière n'était pas de son fait, qu'elle
regardait le père Bernard, et que celui-ci n'avait
qu'une somme limitée à employer. Mais le bey
s'en tint toujours à sa première proposition, qui était
de deux cents piastres de Séville pour chaque esclave. La piastre de Séville valait six livres dix sols
de notre monnaie. La contestation dura quelques
jours, et ce ne fut que par la sagesse et l'expérience
de M. Dusault que l'on parvint à mener cette
délicate affaire à bonne fin.

» Voyant qu'il ne gagnait rien à temporiser avec

11

ces hommes avides d'argent, il crut que la nouvelle de son départ, jointe à l'indifférence qu'il affecta pour consommer la négociation, les rendrait plus traitables. Il ne fut pas trompé dans sa conjecture. A peine eut-il donné ses ordres pour faire transporter ses ballots du palais où il était logé à la résidence du consul de France, et assigné le jour qu'il devait s'embarquer et faire lever l'ancre, que le bey et les Maures, craignant qu'on ne préférât les esclaves de Tripoli aux leurs, comme on les en avait menacés, firent faire de nouvelles propositions d'accommodement, et acceptèrent enfin les premières offres qui leur avaient été faites.

» Les conventions terminées, M. Dusault, avec sa prudence ordinaire, fit assembler son conseil en présence du consul, du chancelier et des députés de la nation, pour faire l'ouverture des caisses, et remettre au père Bernard les sommes qui y étaient restées, après en avoir dressé un procès-verbal, et pris acte du nombre des sacs et pièces, ce qui fut exécuté par le chancelier. En moins de six jours tous les esclaves français, détenus pour lors à

Tunis, furent rachetés. Ils étaient au nombre de soixante, y compris deux familles de Sardaigne, dont on eut pitié en les voyant sans ressource et sans espérance d'être jamais rachetées.

» M. Dusault espérait ramener avec lui les esclaves ; mais le nombre lui paraissant trop considérable pour être embarqué sur son vaisseau, il changea de résolution, et engagea le père Bernard de penser incessamment à noliser une barque pour le trajet. L'occasion favorable s'en présenta, et le capitaine Aidoux de Cassis, des environs de Marseille, étant prêt à faire voile, s'offrit de lui-même de transporter toute la troupe.

» Les provisions nécessaires étant chargées sur la barque, le père Bernard ne songea plus qu'à faire embarquer tout son monde. Un événement imprévu pensa rompre toutes ses mesures et le retenir dans le port plus longtemps qu'il ne s'y attendait. Le jour même de l'embarquement, ayant fait avertir les Turcs qui ont inspection sur les esclaves, d'en faire la revue, il se trouva qu'un esclave italien, originaire de Rome, nommé Jean

Malottin, qui appartenait au premier secrétaire du divan, se glissa parmi les Français, passa en revue devant son maître même, et sans en être aperçu, se jeta, avec les autres, sur le *Sandal,* espèce de bâtiment turc destiné pour transporter les esclaves jusqu'au vaisseau où on les embarque.

» Le patron, qui à son retour ne trouva plus son esclave, se plaignit hautement qu'on lui avait enlevé un homme ; et autorisé du bey, il vint en demander la restitution à M. Dusault. M. Dusault, ignorant le fait, envoya chercher le père, Bernard, et, en présence des Turcs, lui demanda avec une espèce de mécontentement, s'il était vrai qu'il eût fait sauver un esclave italien à la faveur des Français, et s'il pouvait ignorer la parole d'honneur qu'il avait donnée de n'en laisser passer sur son bord aucun qui n'eût été racheté. Le père Bernard lui répondit qu'il venait du vaisseau du Roi, où il n'y avait aucun esclave ; qu'il n'avait admis sur l'autre vaisseau, nommé le *Saint-François,* que ceux qui avaient été passés en revue, et qu'il était aisé de justifier sa parole par la visite qu'on en pouvait faire.

M. l'envoyé dit aux Turcs qu'ils pouvaient se satisfaire, et qu'il leur permettait de faire eux-mêmes la
visite sur le vaisseau où étaient les esclaves, et de
chercher celui dont ils étaient en peine.

» Le lendemain, le visite se fit avec beaucoup de
rigueur. Les Turcs descendirent au fond de cale,
parcoururent les entre-deux ponts, entrèrent dans
toutes les chambres; et après être revenus sur le
pont, avoir examiné tous les esclaves les uns après
les autres, ils ne purent parvenir à découvrir celui
qu'ils cherchaient, et qui cependant était sous leurs
mains et au milieu d'eux.

» Sur le tillac du vaisseau se trouvait une espèce
de tonne à demi pleine d'eau; les esclaves après
l'avoir défoncée par le haut y avaient renfermé
l'Italien. Les Turcs, voyant de temps en temps les
esclaves venir pour leur usage tirer de l'eau de
ce tonneau, ne soupçonnèrent même pas que le
transfuge pût y être caché, et ils finirent par
reprendre la route de la ville. On peut juger de la
joie de l'Italien et du bonheur qu'éprouvèrent ses
compagnons d'infortune de l'avoir ainsi délivré.

« Le 20, dès le matin, le capitaine fit lever l'ancre, et à la pointe du jour passa sous le vent du vaisseau du Roi; le 29 mai, on aborda heureusement à Marseille. »

Le père de La Motte, à qui nous devons ce récit, donne ensuite une description des processions solennelles et des fêtes qui furent célébrées dans toutes les villes sur le passage des captifs. Il donne aussi la liste des esclaves délivrés, avec leurs noms et leur lieu de naissance; et l'on peut juger, en parcourant ces listes, de la grandeur des bienfaits dus à cet ordre admirable des Trinitaires, et de la reconnaissance que tout cœur chrétien doit aux grands saints qui l'établirent et le propagèrent en Europe.

VII

Saint Pierre Nolasque.

Parmi les bienfaiteurs de l'humanité qui se sont dévoués au soulagement des captifs et au rachat des esclaves, le nom de saint Pierre Nolasque tient aussi, comme on l'a vu, un des premiers rangs. Nous compléterons le tableau que nous avons voulu présenter à nos lecteurs, par des détails sur la vie de ce grand saint et sur l'ordre de la Merci, dont il fut le fondateur.

Pierre Nolasque sortait d'une des premières familles du Languedoc. Il naquit vers l'an 1189, dans un bourg du Lauragais, nommé le Mas des Saintes-Puelles. Ses parents, qui avaient de la piété, eurent soin de lui procurer une excellente

éducation et de cultiver les heureuses inclinations
que la grâce avait mises dans son âme. Ils ressentaient une grande joie en le voyant répondre parfaitement à leurs vues et réunir aux grâces de l'exté-
rieur une parfaite innocence de mœurs et un goût
décidé pour la vertu. Le jeune Pierre avait une sen-
sibilité extraordinaire pour les malheureux, et dis-
tribuait en aumônes les petites sommes qu'on lui
donnait pour fournir aux amusements de son âge. Il
contracta la sainte habitude de donner quelque chose
tous les matins au premier pauvre qu'il rencontrait,
sans lui laisser même le temps de demander. Il
se fit un devoir d'assister régulièrement à l'office
divin; et les matines n'en étaient point exceptées,
quoiqu'elles se disent à minuit.

Pierre n'était âgé que de quinze ans lorsqu'il
perdit son père : heureusement il avait une mère
pieuse, qui, par ses exemples autant que par ses
exhortations, l'entretint et l'affermit dans ses sentiments de piété. Ce fut en vain qu'on essaya de
le déterminer à s'engager dans le mariage. Cet
état, quoique saint, eût traversé le désir qu'il

avait d'être entièrement dégagé du siècle ; désir
qui se fortifiait de jour en jour par de sérieuses
réflexions sur la vanité des choses terrestres. Une
nuit qu'il s'était levé, l'esprit tout occupé de ces
pensées, il se prosterna pour faire sa prière, qui
dura jusqu'au matin. Dans la ferveur de son
oraison, il s'obligea par vœu à garder une con-
tinence perpétuelle et à consacrer ses biens à des
œuvres dont la gloire de Dieu serait l'unique fin.
Mais en attendant que le Ciel s'expliquât ouverte-
ment sur la route qu'il devait tenir, il se mit à
la suite de Simon, comte de Monfort, général de
la croisade des catholiques contre les albigeois
dont les cruautés inouies avaient causé une désola-
tion affreuse dans le Languedoc. Le comte vain-
quit ces hérétiques, et donna quelque temps après
des preuves non équivoques de son estime pour
notre saint. Pierre, roi d'Aragon, ayant perdu la
bataille et la vie dans cette fameuse journée de
Muret, Jacques, son fils, fut fait prisonnier par
Simon de Montfort. Celui-ci, touché du malheur
du jeune prince, qui n'avait que six ans, en eut

un soin tout particulier; et comme une excellente éducation est le plus précieux de tous les biens, il le mit sous la conduite de Pierre Nolasque, puis les envoya l'un et l'autre en Espagne. Le saint, qui avait alors vingt-cinq ans, parut un modèle de toutes les vertus à la cour de Barcelone [1]. Il y pratiquait tous les exercices et toutes les austérités des cloîtres. Détaché des plaisirs et des vanités du monde, il ne les envisageait que comme des piéges tendus à son innocence et dont la fuite seule pouvait le sauver. La prière, la méditation et la lecture des bons livres partageaient tous les moments libres que lui laissaient les fonctions de sa charge.

Un grand nombre de chrétiens gémissaient alors dans l'esclavage, sous la domination des Maures d'Espagne et d'Afrique. La dureté de leur état et les dangers que couraient leur vertu et leur foi firent la plus vive impression sur le cœur de notre saint. Il forma le beau projet d'employer ses biens à leur rachat. « Voilà, disait-il toutes les fois qu'il voyait des chrétiens esclaves des mahométans, voilà de quoi amasser des trésors qui ne périront jamais. »

Il ne tarissait point quand il était sur cette matière ; et ses discours avaient quelque chose de si touchant et de si persuasif que plusieurs personnes donnèrent des sommes considérables pour coopérer à la bonne œuvre dont le Ciel lui avait inspiré la pensée. Mais il fallait perpétuer cet esprit de charité et le faire passer aux siècles suivants. Ce fut ce qui engagea le saint à proposer l'établissement d'un ordre religieux qui se dévouerait par état à la rédemption des captifs. Quoique la charité fût l'unique objet de cet établissement, il ne laissa pas d'éprouver des contradictions ; les difficultés furent enfin levées par une vision qu'eurent dans la même nuit saint Pierre Nolasque, saint Raimond de Pennafort [1] et le roi d'Aragon. La sainte Vierge leur ayant apparu à tous trois et les ayant exhortés à presser l'exécution d'un

[1] Saint Raimond naquit en 1175, au château de Pennafort en Catalogne. Il fut dès ses jeunes années un modèle de piété, de charité et d'application à l'étude. Il entra dans l'ordre des Frères prêcheurs et consacra toute sa vie au salut des âmes. Il avait surtout une grande ardeur pour la conversion des Juifs et des Sarrasins, et pour le soulagement des esclaves chrétiens. Il aida beaucoup par ses lumières et son crédit, dans l'établissement de l'ordre de la Merci, Pierre Nolasque, dont il était le confesseur.

projet qui serait si glorieux à la religion , saint Raimond crut qu'il n'était plus permis de différer, et
son sentiment prévalut. Le roi promit de loger le
nouvel ordre dans son palais et déclara qu'il en
serait le protecteur. Enfin , le jour de saint Laurent
de l'année 1223, Pierre Nolasque fut conduit à
l'église cathédrale par le roi et par saint Raimond ;
il y fit les trois vœux de religion entre les mains de
Bérenger, évêque de Barcelone, et en ajouta un
quatrième, par lequel il s'obligeait d'engager ses
biens et sa liberté même , s'il était nécessaire, pour
la rédemption des captifs. Saint Raimond monta en
chaire et prononça un discours très-édifiant sur la
cérémonie. Il y parla de la manière dont Dieu avait
révélé à trois personnes différentes que sa volonté
était que l'on fondât un ordre pour la rédemption
des chrétiens captifs chez les infidèles. Le peuple
applaudit à l'établissement du nouvel institut , et ne
douta point qu'il n'eût les plus grands succès. Saint
Raimond donna ensuite l'habit religieux à Pierre
Nolasque , et le déclara premier général de son
ordre, dont il avait lui-même dressé les constitu-

tions. Deux gentilshommes firent profession le
même jour que notre saint; ils choisirent l'habit
blanc, comme plus propre à leur rappeler l'innocence dans laquelle ils devaient vivre, et y ajou-
tèrent un scapulaire de la même couleur. Le roi
voulut qu'il portassent encore les armes d'Aragon
sur le devant de leur habit, afin qu'elles fussent un
monument durable de la protection qu'il accordait
aux nouveaux religieux.

Cependant la congrégation de notre saint acqué-
rait tous les jours des sujets excellents; et le nombre
en devint si considérable qu'il devenait difficile de
les loger. Le roi leur fit bâtir un magnifique couvent à Barcelone en 1232. Trois ans après, saint
Raimond, étant à Rome, obtint du pape Grégoire IX
la confirmation du nouvel ordre, connu sous le
nom de *la Merci*, et l'approbation de ses constitu-
tion[1]. Le roi d'Aragon, qui reconnaissait de plus en

[1] Cet ordre, dans ses commencements, était composé de deux
sortes de personnes : de *chevaliers*, dont l'habillement ne différait de celui des séculiers qu'en ce qu'iis portaient une écharpe
ou scapulaire, et de *frères* engagés dans les saints ordres, qui
faisaient l'office divin. Les chevaliers gardaient les côtes pour

plus l'utilité des religieux de la Merci, leur donna plusieurs maisons dans le royaume de Valence. Celle d'Uneza, la plus célèbre de toutes, qui porte aujourd'hui le nom de *Notre-Dame de la Merci del Puche*, fut bâtie à l'endroit où l'on avait trouvé cette image de la sainte Vierge, que l'on y voit encore dans

empêcher les incursions des Sarrasins; mais ils étaient obligés d'assister au chœur, quand ils n'étaient point de service. Saint Pierre Nolasque lui-même n'a jamais été prêtre. On prit parmi les chevaliers, quoiqu'en plus petit nombre que les frères, les sept premiers généraux ou commandeurs. Le premier prêtre qui ait possédé cette dignité est Raymond Albert, élu en 1317. Les papes Clément V et Jean XXII ayant ordonné que les prêtres seuls pourraient être élevés au généralat, les chevaliers furent incorporés à d'autres ordres militaires. Cet institut est connu sous le titre d'*Ordre royal, militaire et religieux de Notre-Dame de la Merci pour la rédemption des captifs*. Il possédait en Espagne des commanderies fort riches. Il avait huit provinces en Amérique, trois en Espagne, et une dans la partie méridionale de la France, que l'on appelait la *province de Guyenne*. Cet ordre, par ses constitutions, n'est point obligé à de grandes austérités corporelles. Le P. Jean-Baptiste Gonzalès, autrement dit *du Saint-Sacrement*, mort en 1618, y introduisit une réforme qui fut approuvée par le pape Clément VIII. Ceux qui la suivent vont nu-pieds, et vivent dans la plus exacte pratique de la retraite, du recueillement, de la pauvreté et de l'abstinence. Les pères réformés de la Merci ont deux provinces en Espagne et une en Sicile.

l'église ; c'est pour cette raison qu'elle est extrême-
ment fréquentée par le peuple fidèle. Le roi fonda
ce monastère en mémoire de ce qu'il avait pris la
ville de Valence par la vertu des prières de notre
saint. Il était si convaincu de leur efficacité, qu'il
leur attribuait les victoires remportées par lui sur les
mahométans, ainsi que la conquête des royaumes de
Valence et de Murcie.

Dès que Pierre Nolasque eut embrassé la profession monastique, il quitta la cour. Ce fut en vain
que le roi voulut le retenir ; rien ne put contre-
balancer dans son cœur l'amour qu'il avait pour la
retraite. A la vérité, il reparut dans le monde
quelque temps après ; mais la charité seul l'y attira.
Son dessein était de réconcilier deux seigneurs puissants dont les divisions avaient troublé le repos de
l'Etat et allumé le flambeau de la guerre civile : il
eut le bonheur de réussir et d'éteindre entièrement
le feu de la discorde. Sa présence n'étant plus nécessaire dans le monde, il rentra dans son monastère.
Comme il voulait donner une nouvelle perfection à
son ordre, il représenta à ses religieux qu'il ne suf-

fisait pas de racheter quelques captifs sur les terres
sujettes aux princes chrétiens, mais qu'il fallait
encore élire deux personnes qui allassent exercer
cette bonne œuvre dans les pays gouvernés par les
infidèles. Son avis fut reçu avec un applaudissement
unanime; et on le nomma lui-même, avec un autre
religieux, pour remplir une fonction qui a fait
donner le titre de *rédempteurs* à ceux qui en sont
chargés. Il partit de Barcelone, afin de se rendre
dans le royaume de Valence. Sa charité y donna
l'exemple le plus édifiant. Les divers exercices de
cette vertu l'occupaient si fort qu'il ne lui restait
pas un instant pour respirer. Tout son temps se
passait à visiter, à instruire et à consoler les
captifs. Dans l'impossibilité où il était de les racheter tous, il obtint au moins la liberté pour
le plus grand nombre qu'il put. Les mahométans furent singulièrement frappés de l'éclat de
ses vertus, et il y en eut plusieurs d'entre eux qui
ouvrirent les yeux à la lumière de l'Evangile. Le
saint fit encore d'autres voyages sur les côtes d'Espagne, et toujours avec le même succès. Il eut beau-

coup à souffrir dans celui d'Alger, où on le chargea de fers pour la foi de Jésus-Christ : mais rien ne pouvait lier sa langue; il continuait, malgré la défense qu'on lui en avait faite, d'éclairer les infidèles sur leurs erreurs aussi impies qu'extravagantes. Son courage était invincible, parce que le martyre était l'objet de ses vœux les plus ardents.

Saint Louis, roi de France, avait une estime singulière pour notre saint, et lui écrivit plusieurs lettres pour l'engager à venir le voir. Il eut cette satisfaction en Languedoc en 1243. Il reçut le serviteur de Dieu avec les démonstrations de la joie la plus vive, l'embrassa tendrement, et lui proposa de le suivre à la Terre-Sainte. Pierre Nolasque, qui désirait depuis longtemps faire ce voyage, eût volontiers accompagné saint Louis ; mais le mauvais état de sa santé l'en empêcha. Il éprouva, en effet, durant les dernières années de sa vie, une langueur continuelle, principalement occasionnée par les fatigues et les austérités de la pénitence. Ses infirmités augmentant de jour en jour, il se démit, en

1259, du généralat et de l'office de rédempteur, pour ne plus penser qu'à l'éternité. Durant sa dernière maladie, il ne démentit point cette patience héroïque qui avait déjà éclaté dans des infirmités aussi longues que douloureuses. Pendant son agonie, il fit à ses religieux une instruction sur la persévérance, et la termina par ces paroles : *Le Seigneur a envoyé un rédempteur à son peuple; il a fait une alliance avec lui pour l'éternité.* Il recommanda ensuite son âme à Dieu, et mourut le jour de Noël, l'an de Jésus-Christ 1256 et le soixante-septième de son âge. Les miracles opérés par la vertu de ses reliques, que l'on gardait à Barcelone chez les pères de la Merci[1], l'ont fait mettre au nombre des saints par Urbain VIII en 1628, et sa fête fut fixée au 31 janvier.

———

Grace à la victoire que le Ciel accorda aux armes françaises en 1830, le repaire des forbans barbaresques fut détruit, et tout doit faire espérer

qu'il l'est à toujours. La Croix est maintenant
plantée au milieu de ce nid de pirates, et un
temps viendra où cette terre, naguère si chrétienne, sera de nouveau la consolation et l'honneur
de l'Eglise en même temps qu'elle est la gloire
de la France.

TABLE

—◇◇◇—

Introduction.   5

II   S. Félix de Valois. — S. Jean de Matha.   .   22

III   Etablissement de l'Ordre des Trinitaires   .   .   36

IV   Un rachat de captifs. I.   44

V   Un rachat de captifs. II.   .   .   .   62

VI   Autre rachat de captifs en 1720.   .   .   .   83

VII   S. Pierre Nolasque.   127

—◇◇◇—

— Lille, Typ. L. Lefort. 1858. —

BIBLIOTHEQUE NATIONALE
Désinfection 19 84
3263

À LA MÊME LIBRAIRIE ET CHEZ LES PRINCIPAUX LIBRAIRES

LE TRÉSOR DU JEUNE COMUNIANT

Par M. l'abbé PETIT, auteur du Manuel de l'enfant de chœur.

1 volume grand in-32. fig. — Prix broché . . . . **75** centimes.

Le même ouvrage :		
cartonné, or.		
reliure anglaise, basane, ornements à froid.		80
		franc de port par la poste
chagrin, 1er choix. . . .		
	tranche dorée.	1 25
	tranche dorée.	3

Dire que c'est M. l'abbé Petit, curé de Saint-Nicolas, à la Rochelle, qui a écrit ce livre destiné aux enfants qui se préparent à la première communion, c'est assurer au lecteur toutes les qualités qu'il a le droit d'en exiger ; chaque page y respire la piété connue de l'auteur, et partout l'enfant qui s'en servira trouvera la lucidité que réclame sa jeune intelligence. Deux dispositions indispensables pour ce grand acte de la vie chrétienne y sont recommandées à l'enfant qui veut le bien accomplir : la SAGESSE et la SCIENCE. Tous les enfants, on ne le sait que trop, n'ont pas été formés aux habitudes de la piété et de la vertu : tous n'ont pas été initiés non plus à la connaissance de leurs devoirs envers Dieu et le prochain. M. l'abbé Petit sait donner à chacun les conseils dont il a besoin. Aux uns il indique certains moyens de se perfectionner dans la Sagesse, et aux autres qui ne l'ont jamais connue, il signale les défauts dont ils doivent se corriger, surtout la désobéissance, la paresse, le mensonge, et autres si communs à cet âge. Pour la Science, l'expérience des catéchismes lui a inspiré des conseils qui feront mieux profiter les enfants de ces instructions élémentaires et paternelles ; il va même jusqu'à préciser les principaux points de la religion qu'on doit surtout étudier dans le siècle où nous vivons.

Les exercices pour la retraite préparatoire seront d'un grand secours pendant ces jours si précieux pour les bien employer ; nous signalons en particulier l'examen de conscience, comme très-conforme à tous les défauts que peuvent avoir les enfants, et un règlement de vie qui assurera la persévérance de ceux qui seront fidèles à le suivre.

Enfin, au jour de la première communion, ce petit livre, qui aura déjà été le vrai *trésor du jeune communiant*, lui suffira pendant les offices : car il y trouvera des prières excellentes pour la Messe, la sainte Communion, les Vêpres, etc.

• Cet ouvrage est aussi intitulé : LE LIVRE DU JEUNE COMMUNIANT.

Z. L.

www.ingramcontent.com/pod-product-compliance
Lightning Source LLC
Chambersburg PA
CBHW071228260626
47162CB00004B/1467